――暴食の世界樹。
王太子アインが自身でそう名付けた大樹は
天を穿たんとハイム王都にあり、
枝々に宿した光る結晶を夜風に揺らしている。
魔石グルメ
9
魔物の力を食べたオレは最強!
maseki gurume
mamono no chikara wo tabeta ore ha saikyou!

仄かに残されていた青空は完全に浸食されきって、
黒一色に染まっている。
その黒い空の中にある、巨大な光球。
アインは遂に、その存在に気が付いた。
アイン
転生特典スキル【毒素分解EX】の果てに、魔王へと進化した王太子。

精神世界にて
？？？
光球は黒い空よりも昏い光を湛えていた。
縁で揺らぐ白い陽炎からは、アインが
感じたことのない濃密な魔力を感じる。
それはアインに許された時間が尽きるまで、
もう間もなくであることを示す。
「喜びたまえ。
君が君で居られる時は終焉を迎え、
私と一つになる時がやってきたんだ」

旧アウグスト邸庭園にて
「それ、お守りなんですって」
彼に寄り添っていたクローネの
胸が不意に早鐘を打った。
ふっ、と。
彼の指先が弱々しく
動いたのを見たからだ。

魔石グルメ

魔物の力を食べたオレは最強！

結城涼
ILL. 成瀬ちさと

9

maseki gurume
mamono no chikara wo tabeta ore ha **saikyou!**

口絵・本文イラスト
成瀬ちさと

装丁
coil

contents

maseki gurume
mamono no chikara wo tabeta ore ha **saikyou!**

プロローグ

俺はどこに居るんだろう？　と、アインは明確な意識を取り戻してすぐにそう思った。

身体《からだ》を動かそうとしても何かに縛られているかのように動けないし、目も開いているのか閉じているのかも分からなかった。

加えて、辺りは暖かいのか寒いのかも分からない。

だが、分かっていることもある。

幸い記憶は鮮明で、何があったのか思い出すことができた。


――――確か。

ハイム王城で赤狐《あかぎつね》の長《おさ》たるシャノンを討ち、長きにわたる因縁に終止符を打った。

その後、心の中に生じた僅《わず》かな隙が、アインを魔王アーシェのように暴走させた。意識を手放す前にマルコから受け継いだ『眷属《けんぞく》』のスキルを用いて、三人に協力を仰いだことも覚えている。

なら、ここは死後の世界なのだろうか？

デュラハンのラムザにエルダーリッチのミスティ。マルコを交えた三人が暴走したアインを止めてくれていたとしたら、この真っ暗闇《くらやみ》が死後の世界と言われてもしっくりくるが、状況が分からない。

「…………よくやったよ、俺は」

頑張った。初代陛下でさえ果たせなかった赤狐を討つという大願も、命を賭《と》して成就した。

これから先のイシュタリカも大丈夫。自分が赤狐との因縁を断ち切ったから、これから先の未来に巨悪が襲い掛かる心配も――――少なくとも、一つは消えたと言えよう。

だから、ハッピーエンド。

もう、これ以上頑張る必要はない。

最後に英雄が死すなんて、よくある話じゃないか。

アインは自嘲《じちょう》して、こう思った。

だけど――――心がざわついて仕方がない。

「…………」

終わり、全部全部これでおしまい。

物語の最後のページまで進んでいて、後は閉じられるのを待つだけ。

そう、それだけだ。

「…………」

こうして意識を取り戻せたのは偶然か、はたまた頑張りに対する対価か。

「…………」

瞼が重くなってきた。これまで閉じていたのか開いていたのか分からなかったが、眠るように意識が遠くなっていく。

終わりが近づいている。

自分という存在の、アインという意識の。

終わっていいのか？

自問するや否や、心の中にイシュタリカの情景が。記憶が、思い出が。家族や皆の笑顔が、鮮明に焼き付いて離れなかった。

「馬鹿を言うな。終わっていいはず――――ないだろ」

強い決意を抱いた。

すると、遠ざかりつつあった意識が戻ると同時に、世界が色づく。


――――色づいたと言っても、何も見えないよりましという程度だ。

アインが居たのは薄暗く、温《ぬる》くてじめっと重い空気が漂う空間だった。よく目を凝らすと石造りの牢屋《ろうや》のようで見覚えがある。

「ここは――――魔王城の……」

初代国王ジェイルの墓に向かう途中にあった、呪《のろ》われた部屋だ。

一歩踏み出すと、石畳を汚した僅かな砂利の感触が靴底に伝わってきた。

すると、部屋の片隅から。

「無様ね」

と、声がした。

その片隅に目を向けたアインが近づくと、膝《ひざ》を抱いてしゃがんだ一人の少女がいた。

俯《うつむ》いているせいで顔は見えないが、忘れるはずがない。

彼女の目の前に立ったアインは、臆《おく》することなく口を開く。

「どうして俺の前に現れたんだ――――シャノン」

「…………消えてしまいたかったのに、貴方《あなた》のせいで消えられなかったのよ」

「説明になってないぞ」

「ほんと、よく言うわ。貴方が私の魔石を食べたんじゃない」

言われてみれば確かにそうだ。アインが意識してそうしたわけではないが、咀嚼《そしゃく》する際の音まで思い出せる。

「…………どうしてイシュタリカを、ジェイル陛下を狙《ねら》ったんだ。それに俺のこともそうだ。何の目的があってハイムを利用した」

「そんなの、貴方からすべてを奪いたかったからに決まってるじゃない」

「当たり前のように言うな。俺とお前の間に面識はあったけど、あの夜会で一度顔を合わせただけだ」

そう言われ、シャノンはくすっと笑った。

「気が付けていないだけよ」

「それはいったい――――」

「私はずっとずっと貴方を陥れたいと思っていた。何年経《た》っても何十年経っても、何百年が過ぎても、私と同じ目に遭わせてやりたかった。ただ、それだけのことよ」

「だから！　さっきから何を言ってるんだッ！」

「煩《うるさ》い。私を助けてくれなかったドライアド《あなた》のことなんて、もう、どうでもいいの」

シャノンはそれっきり口を閉じた。

アインが膝を折って肩に手を当てようとも、線の細い身体を揺らそうとも俯いたまま絶対に顔を上げようとしなかった。


アインはそれを何分つづけていただろうか。どうにかして聞き出そうと試みていたそれも、やがて終わりを迎えた。

扉の方から無視できない熱波が届き、それに意識を奪われたのだ。

目を離した一瞬でシャノンの姿は消えてしまっていた。アインは状況を確認しようと慌てて扉を出て外に向かった。アインが知る光景の通り魔王城内の廊下がつづいていたが、壁沿いに並ぶ窓から、深紅の灯《あか》りが注がれていた。

「何が起こってるんだ」

疑問符を抱いたまま駆け出して、大急ぎで魔王城の外へ。

その先で広がっていたのは猛火に包まれた旧王都の景色《けしき》だ。


「君のすべてが終わるのは、もう間もなくだ」

アインの視線の先に、アインによく似た黒髪の男が立っていた。

その男はアインと違って長い髪が腰まで伸びており、顔立ちは五歳ぐらい年上に見えて、背も幾分か高い。

その男を見たのははじめてだが、声には覚えがあった。

（頭に響いていた声だ）

グリントと戦い、シャノンの命を奪ったとき。

アインの心の中に響き渡ったあの声だった。

「もう、私と一つになる以外の道はない」

「…………ようやく分かった。道理で、あの時急に知らない声が聞こえてきたわけだ」

「さすが私を生んだ存在だ。理解が早くて助かるよ」

「お前に褒めてもらっても嬉《うれ》しくないな」

「寂しいことを言わないでくれないか。私は君のことを愛しているんだから」

「意外だな。邪魔をした俺のことは嫌いだと思ったけど」

初対面のはずなのに、長年連れ添った友人同士のように。

二人は多くを語らずとも、その意図を共有していた。

「確かに君は、私が君と一つになる時を遠ざけた。三人を召喚して後始末を付けようとしているぐらいだし、よほど私を嫌いなのだろう。だが、私はそれでも君を愛しているんだ」

「へぇ、どうして？」

「私が君から生まれたからさ。愛しこそすれ、どうして憎く思えると思うんだい？」

「そんなの、俺がお前を憎く思ってるからに決まってるだろ」

「――――ふふっ、くく…………はっはっはっはっはっはっ！　嬉しいよ！　私のことをそんなにも想《おも》ってくれてるとはね！」

声の主は歓喜に声を震わせ、やがて。

これまでと違う、若干鬱陶《うっとう》しそうな声色を滲《にじ》ませた。

「すまない。彼らが来たみたいだ」

男が背を向け歩きはじめた。

「外で三人の相手をしたら帰ってくるよ。頑《かたく》なに一つになることを拒む君の意思も、さらなる成長を遂げた私には抗《あらが》えないだろうからね」

「ま、待てッ！」

「焦らないでくれ。すぐに戻ってくるから」

最後の方は声だけが響いて、姿は霧のように消えてしまった。


「俺は――――」

本当に何もできないのか？

自問して、自答するべく考えた。

再び意識の薄らいでいく感覚だけが身体を駆け巡る。

しかし、諦《あきら》めなかった。

絶対に意識を手放すもんかと心を強く持ち、両手で強く握《にぎ》り拳《こぶし》を作る。

アインはそれからも、燃え盛る景色の中に一人残され、自分にできることはないかと探りつづけたのだった。

戦いの舞台へ

ハイム王国沖に停泊した海龍艦リヴァイアサンの甲板にて。

元帥ロイドは片目を失って尚《なお》、その鋭い眼光で遠くにそびえ立つ大樹を眺めていた。


――暴食の世界樹。


王太子アインが自身でそう名付けた大樹は天を穿《うが》たんとハイム王都にあり、枝々に宿した光る結晶を夜風に揺らしている。

その荘厳さは、こうして遠く離れた海上からも確認できる。

「……………まるで」

まるで、魔王討伐に向かうパーティのようだな。

ロイドは視線を移し、港町ラウンドハートへ上陸したばかりの三人を見て、呟《つぶや》いた。

さて、こちらもじっと見ているわけにもいかない。

「皆、注目せよ」

ふと、ロイドが手を叩《たた》いて騎士や乗組員の視線を集めた。

「我らはこれより、イシュタリカへ帰還する」

皆が困惑した。

自分たちも万が一に備えて控えているものだと思っていたのに、撤退命令がまさかロイドの口から出されるとは考えてもみなかった。

「ふがいなく感じているのはこの私もだ。しかし、今の我らでは足手まといになることは必至。ここでは我らの意地や沽券《こけん》に価値がないということを、決して忘れてはならない。今すべきはお三方の報告を待つことに他ならん！」

ロイドの悔しそうで、辛《つら》さに耐えている気丈な顔を見て皆がハッとした。

「故に、我らは我らに成せることを成す。万が一にもイシュタリカの民に危害が加わるようなことはあってはならんからだ！」

ロイドは言葉を濁したが、その危害を加える可能性を持つのはアインだ。

つい最近だって、暴走の最中《さなか》にあるアインが木の根をイシュタリカ王都沖に伸ばしたことは記憶に新しい。

皆、アインがイシュタリカを愛していることは痛いぐらい知っている。

だからこそ、彼がイシュタリカに手を出す万が一を自分たちの手で防がなければ。

「総員、元帥閣下のお言葉に従い配置に就け」

様子を見ていた船長が言った。

すると、騎士をはじめとしてすべての者が一斉に動き出す。

「急げ！」

「ぼさっとするな！」

慌ただしくも、自分たちにできることをするために。

――――やがて、リヴァイアサンがイシュタリカに向けて進みはじめたところで。

「どうか、ご武運を」

ロイドは三人の無事を祈り。

「アイン様、我らは貴方様《あなた》が王となる日を待っているのですよ」

いつかの未来を、決して遠くない未来を。

初代国王の再来と謳《うた》われる、英雄の帰還を願ったのだった。

◇　◇　◇

エルダーリッチのミスティ。

デュラハンのラムザ。

そして、夢魔の魔王――――アーシェ。

海龍艦リヴァイアサンを降りた三人はたった今、港町ラウンドハートへ上陸した。

石畳はいたるところに暴食の世界樹の木の根が這《は》っているせいで歩き辛く、プリンセス・オリビアの主砲を浴びなかった家々もまた、同じく木の根に締め付けられている。たとえば森の中に村があり、住まう者が消えてから数百年も過ぎたら、これぐらい様変わりするだろう。

「お姉ちゃん」

と、アーシェが口を開く。身に纏《まと》ったゴシック調のドレスは、およそこの場には不釣り合いな一品だ。

「私の魔石、何に使うつもりだったの？」

「アーシェがこうして復活していなかったら、ってこと？」

対して答えるミスティだが、彼女もまたこの場に似つかわしくない美貌《びぼう》の持ち主だ。

「あまり聞いてて楽しい話じゃないぞ」

ここで言葉を挟んだのはラムザで、ここに来ても精悍《せいかん》さを保っていた彼は涼しげな表情を浮かべて言った。

「聞かないのも後で気になりそうだから、教えて」

「私とラムザで大樹に傷をつけて、アーシェの魔石を放り込むつもりだったわ」

「うげ……………な、なんか爆発させられそう……」

「だってそれしかないじゃない。私もラムザも自分たちのすべてを賭《と》してアイン君を止めようと思ってたけど、はっきり言って、私たち二人では無理に等しいもの」

「……………そこに、あの男が居てもか？」

「ええ。忠義の騎士が居てもよ」

「お姉ちゃん、お兄ちゃん。……………マルコはどこに居るの？」

尋ねられても二人は答えられず、苦笑。

恐らく近いうちに会える、とラムザは言った。

「話を戻しましょう」

ミスティが咳払《せきばら》いをして姿勢を正す。

「私たちはこれからアイン君――――いいえ、暴食の世界樹を止めないといけないわ」

「作戦らしい作戦はなしにな」

「私、知ってる。そういうのって力技って言うんだよ。――――それにしても暴食の世界樹ってまた凄《すご》い名前だね、お姉ちゃんが付けたの？」

「アイン君が意識を失う前に、自分で付けたのよ」

なるほど、とアーシェが頷《うなず》いた。ミスティは話をつづける。

「それで、二人がアレを見て作戦が思いつくのなら、ここで少しぐらいは待っていても構わないけど、どうかしら？」

ラムザとアーシェは同時にハイム王都にそびえ立つ大樹を見直して、苦笑する。

「やはり、小細工は意味を成さなそうだな」

「私、知ってる。ああいうのって力技が一番なんだよ」

「とはいえ、連携は忘れずにね。無謀な攻撃も無駄な攻撃も避けましょう。そういうのは、どうしてもアイン君を止められなそうな時、自爆を覚悟でするように」

「心得た」

そう頷く剣の王の隣で、銀髪の魔王はおもむろに立ち止まり、俯《うつむ》いてしまった。

「…………」

「アーシェもよ。いい？」

彼女は自身の過去を思い返し、両手でドレスの裾《すそ》をぎゅっと握りしめて拳を震わせる。

だが、次に顔を上げたとき、彼女の瞳《ひとみ》はさっきまでとは違っていた。

「私、絶対にあの子を助けてみせるから」

いつもの寝ぼけ眼《まなこ》は鳴りを潜め、澄んだ瞳に確かな決意が宿る。

言い切ったその声も、二人も聞いたことがないほど覇気に満ちたものだった。

少し面食らった二人だったが、互いに顔を見合わせるとしっかりと頷き合い、ラムザの「行くぞ」という呟きを合図に三人は静かに歩き出したのだった。


「――――それにしても」

不意にラムザが口を開く。

「俺とミスティに魔力が供給される様子がないな」

眷属《けんぞく》のスキルにより召喚された二人だからこその疑問だった。

「そうね。召喚されてすぐはたくさん貰《もら》えたけど、あの後からは一度も供給されてないわ」

「ん…………どういうこと？」

「元のマルコのスキルだと、召喚した眷属たちに召喚主が魔力を供給しつづけるのよ。でも今の私たちにはそれが供給されてないの」

「どうせ俺たちを敵と認識しているからだろうさ」

「私も同じことを考えてたわ。でも、それを見越して魔石を貰ってきてるの。いざとなったら魔力だけは回復できるから心配しないで」

◇　◇　◇

同じ頃《ころ》、イシュタリカ王都にて。

王城の回廊を歩く一人のケットシーの姿があった。彼女は白衣に身を包んだ第一王女――カティマである。

「そろそろかニャ」

ハイムに向かったリヴァイアサンから三人が降りて、ロイドが帰還の指示を出した頃だ、と腕時計を見て予想した。

大丈夫。これなら邪魔をする者は居ない。

ロイドさえ何とかできれば、地下研究室の障壁を破れる戦力はクリスだけだし、そのクリスも今は眠っている。

回廊を抜け、治療所へ進む道に出たところで彼女を迎えたのは見張りの騎士たちだった。

「カティマ様、どうしてこちらに？」

「もしやディル護衛官殿の下へ？」

カティマは二人の言葉に頷いた。

「バーラにも用事があるのニャ」

「承知致しました。バーラ殿でしたら奥にいらっしゃると思いますよ」

「ほっほー！　教えてくれてありがとニャ！」

「しかしカティマ様。ご自室に居なくてもよろしいのですか？」

「む、なんでなのニャ？」

「無断でイストに行かれた件について、陛下が大層ご立腹だったと聞いておりますが」

「うむ！　馬鹿みたいに怒られたのは事実ニャけど、色々あったしニャ。それに、ミスティ様が庇《かば》ってくれたおかげで、不問みたいなものだニャ」

名目がアインのためだったこともそうだが、偶然にも、魔王アーシェの復活に一役買っていることもあり、信賞必罰を信条とするシルヴァードは強く言えなかったのだ。

「と、いうわけで、お邪魔するとするニャ」

さすがのカティマも、怪我人《けがにん》が居る場所へはいつもの元気を抑えて足を踏み入れる。

だが、中に居た怪我人たちはカティマの姿を見て喜んだ。

色々と城内を賑《にぎ》やかす彼女だが、騎士や使用人への人当たりはいい。現王家の面々は皆そうなのだが、カティマは特に距離が近く、人気が高いのだ。

「ニャア………せっかく気を遣って静かに入ったのに、お前たちが煩《うるさ》かったら私の気遣いが台無しなのニャッ！」

「はっはっはっ！　沈んでいても仕方ないでしょう！」

「ええ！　怪我は仕方のないこと。むしろ、イシュタリカのために負傷したのなら誇らしく思うだけですからな！」

「ま、頼もしいけどニャー……。でも、傷が開かない程度に騒ぐようにニャ！」

騎士たちが横になったベッドの並びを抜け、向かった先は奥の部屋。

軽くノックをすれば、騎士たちの賑わいを聞いて分かっていたからか、中に居るバーラが扉を開けて中に入るよう促した。

「悪いことをしたかニャ」

「とんでもございません。カティマ様がいらっしゃって、怪我人の皆さんが少しでも元気を取り戻してくれたのなら、治療する身としては歓迎です」

「………そりゃ、良かったのニャ」

すると、バーラは奥の机の傍《そば》に置かれた椅子を指さした。

「どうぞ、ディル護衛官殿がお休み中のベッドの傍にお座りください」

誰《だれ》よりも危険な状態にあったディルのベッドはバーラの机の傍にある。

「あっちで戦ってるときも、重傷人の傍にいたのかニャ？」

「ええ………私が王太子殿下と共に進軍し、バードランドに到着した際は多くの怪我人がおりましたから」

「でも、今のディルほどの怪我人は居なかったって感じかニャ」

「――――はい」

「分かってたことだから、悲しそうな顔しなくていいのニャ。こほん。私は眠ってるお守の顔でも見てやるかニャーっと」

一見すればいつもの陽気な姿で歩くカティマ。

しかし、その足取りはどうしても重い。

「で、どうだったかニャ」

主語のない質問だが、バーラには何を意味するのか伝わった。

「イストからお持ちになった治療用の魔道具のことですね」

「んむ！　見た感じ……ああ、これかニャ」

「はい。そちらの管が繋《つな》がっている、魔石炉に似た小型の魔道具です。さすがはイストで生まれた最新鋭の品物ですね。他の魔道具ならいくつも必要だった作業が、それだけで賄えました」

ああ、賄えるだけか。

カティマが大きなため息をつく。

「私がイストからパクってきた魔道具でも、芳しくないってことだニャ」

「それは………」

「分かってるニャ。私だって、可能性の一つ程度にしか思ってなかったからニャ」

そうは言いつつ諦《あきら》めている様子はない。

バーラが隣から覗《のぞ》いたカティマの顔は、何かを覚悟した凛《りん》としたものだった。

「もう、他の騎士は大丈夫かニャ？」

「は、はいっ！　他の治療師たちで十分事足りております！」

「んむんむ。じゃあ遠慮なく頼めるニャー！」

「頼める……ですか？」

「そうニャ。バーラにはディルのベッドを運んでもらうとするニャ」

急に言われてもとバーラは困惑してしまった。

だけど、カティマは笑うだけで核心は述べず、椅子を立って扉の方へ歩いていってしまったではないか。

「私の地下研究室まで、ディルを運んでほしいのニャ」

今の声には、有無を言わさぬ強さがあった。

「新たな治療方法があるのですね⁉」

「ある…………んむ、あるのニャ。でも一人ではちょっと大変ニャから、バーラにも手伝ってもらうニャ」

カティマの地下研究室と言えば、数多くの高価な魔道具が並ぶ場所。

きっと、イストから持ち込んだ別の魔道具があるんだ。今まで解析や準備があるせいで使えなかったのだろう。そう思ったバーラの頬《ほお》に喜色が浮かび。

「はいっ！　すぐにお連れ致します！」

彼女は何も疑わず、カティマの指示に従った。


ディルは今も生死の境を彷徨《さまよ》っており、回復の見込みは依然として薄い。彼の両親は快癒を信じていたが、実のところ、カティマはそうではなかった。

何もしなければ、間違いなく近いうちにこの世を去ると確信していた。

「うむうむ。よく寝てるニャ～」

そうした確信を抱いているにもかかわらず、研究室の扉の前までたどり着いたカティマの顔に悲《ひ》愴《そう》感はない。担架に乗せられたディルを見て微笑《ほほえ》み、手を伸ばして触れる。

「明日には治療魔法の使い手も参ります。カティマ様がご存じの新たな治療法もあれば、きっといい方向に進むでしょう」

「んニャ～……残念ニャけど、ここまでくると治療魔法は気休めなのニャ」

「では、それ以上に有効な手段をお持ちなのですね」

「だと思うニャ。水列車の中でアーシェ様に聞いたから、有効……なのかもしれないニャ」

「聞いたから、ですか？」

カティマは答えずヒゲを揺らした。

「まったく。あんな危険な目にあったんニャから、絶対に治らないと承知しないからニャー？　治ったら、また私のお守が待ってるからニャ」

イストに行く前、カティマはクローネに取引を求めた。アインを助けるためと同時に、ディルも助けたかったから。

だから叡智《えいち》ノ塔を駆け巡り、治療に使える魔道具を手にして王都に戻ったのだ。

「さて、そろそろはじめるかニャ」

「承知致しました！　私にもお手伝いできることはありますか？」

「んむ！　バーラにはこの後、私が負うであろう怪我の治療を頼むニャ！」

「け、怪我……!?　お待ちください！　何をなさるおつもりなのですかッ!?」

しかし、カティマは既に答える気がない。

おもむろに担架を研究室の奥へ押していき、数多くの管が繋がれた、ベッドのような大掛かりな魔道具の前に止めた。

驚き、返事を待つばかりのバーラが足を進めようとして間もなく。

二人の間に、物理的に壁が現れる。

「何をなさるのですかッ！」

出来上がったのはガラスに似て、透明な壁だった。

「もしものために用意してた障壁なのニャ。実験が失敗に終わってヤバそうなときに使おうと思ってたのニャ」

「ですから何を――――ッ！」

「安心するニャ。何分かしたら開くのニャ」

障壁は強く叩《たた》かれつづけたが、開く気配はない。ついでにバーラの声も聞こえない。聞こえてくるのは障壁が叩かれる音だけだ。

カティマはその音を聞きながら、白衣のポケットから小さな黒い石を取り出す。

「オズのおかげで、こんな方法を取ることができるわけだニャ」

これは、オズの片手に残されていた例の石だ。

放置するわけにもいかず、叡智ノ塔を去る前に取り外してきたのだ。

「ニャッ！　ニャッ！　ニャッ！　……あれ、私ってば、剣の才能もあったのかニャ……!?」

つづけて、密《ひそ》かに借りていたクリスのレイピアを構えてみる。

傍《はた》から見れば奇妙なダンスで、振り回す姿には正気を疑ってしまうのだが、彼女はあくまでも楽しそうで、瞳には確たる強さが宿っていた。

「………よし、やるかニャ」

黒い石をすぐ傍の机に置かれた空魔石の隣に並べ、ディルの身体《からだ》を覆っていた包帯をレイピアで切り裂いた。

深々と残る傷跡を前に、目を伏せ唇を噛《か》みしめる。

決意を新たにしたカティマは、懐から取り出した注射器を彼の首元に刺した。それから十数秒の沈黙の後――――。

「――――カティマ……様……？」

ディルが目を覚まし、弱々しくも口を開いた。

それを見て、カティマは彼の額にかかった髪を手の先で流す。

「話すべきことは色々あるニャ。けど、ディルには時間が残されていないのニャ」

先ほどの注射は強引に目を覚ますための薬剤で、身体への負担も大きい。使わなければディルはこれからも目覚めることはなかったろうし、こうして話す機会はなかった。

「何もしなければ、ディルはもうすぐ死んじゃうのニャ」

「…………」

「でも、一つだけ助かる方法があるのニャ。それはディルの身体に大きな影響を与えるかもしれニャい。それでも――――ディルは生きたいって思ってくれるかニャ？」

彼女の双眸《そうぼう》を前にディルは理解した。

自分は倒れ、主君の傍に居られなかったのだと。

ここにアインが居ないことの意味だって、誰《だれ》よりも彼に忠義を捧《ささ》げていた彼にはすぐに予想できる。

「…………私の忠義は……まだ……死して、おりません」

悔しくて泣きだしてしまいそうだ。

だがその感情を抑え、カティマの言葉へ縋《すが》った。

力なくカティマへ伸ばそうとした手は、彼女に支えられた。

「分かったのニャ。……私も覚悟を決めたニャ」

覚悟。その言葉の真意を尋ねるより先にディルは気を失った。

カティマはそれを確認して、彼の傷口に空の魔石を強引に押し込む。立てつづけに魔道具から伸びた管を彼の全身に挿し、最後に一本だけ空魔石に刺した。

「核と魔石がリンクすると、周囲の臓器と繋がって、新たに身体を構築しはじめるというのは、人工魔王の研究過程で明らかになってるニャ。ただここで問題になるのは――」

人間であるディルは核を持たないことだ。

核が破壊されても魔石は単体でも生きつづけるので、空魔石を用意することは簡単だ。しかし逆に魔石が破壊された場合は、核も死んでしまう。

だが同時に、カティマはアーシェの話を聞く中でその突破口についても思いついていた。即《すなわ》ち、アーシェ復活の際と同じく、この黒い石に核の役割を果たしてもらえばよい。

「必要な循環はこの魔道具が担う――らしいのニャ。悲しいことに、私も整理しきれているわけじゃないから、一度見たオズの装置のまねっこだけどニャ。魔石を中心にディルの身体を再構築するには、どうしてもこれが必要らしいのニャ」

できればオズが存命の際、クリスと戦う中で語った内容を自分の耳で聞いておきたかった。

今、カティマが理解しているのはまた聞きでしかないのだ。先ほどバーラに告げたように、王都に帰る水列車の中で聞かされたにすぎない。

カティマはそれを、過去の経験や知識を頼りにオズの理論に近づけていた。

「少なくとも、半魔みたいにはならないみたいだから安心するニャ」

この黒い石がオズの言う完成品だからか、被検体への施し方が違うからなのかは分からない。しかしカティマが調べたところによれば、半魔に埋め込まれていたものとは全くの別物であることが分かっている。

――――むしろ不安要素は人間《ディル》に魔石がないことだろう。

オズが考え抜いた理論は純粋な人を対象としたものではないから、面前のディルに施すことは現実味に欠けていた。

「カティマ様ッ！　駄目ですッ！」

先ほどまで聞こえなかったはずのバーラの声がした。

気が付くと、障壁が騎士によって割られていた。

バーラが呼んだようだが、割れた穴はまだ小さくて誰も入れない。

「その研究では、被検体との性質が遠い際にはほぼ失敗したとの記録もあるのですッ！」

「ニャハハッ、そんなの分かってるニャ」

「異人種と人の間で実験されたことはないんですッ！　あくまでも魔物同士だけなのですッ！　ディル護衛官はただでさえ普通のお人……ッ！　人工的に埋め込まれた空魔石では、そもそも趣旨が違ってきますッ！」

「……それもよく知ってるニャ」

「ではおやめくださいッ！　失敗すれば身体がただではすみませんッ！」

城に来てからよく学んでいたバーラは、人工魔王の研究についても勉強していた。

カティマがしようとしていることの内容を、一目見て理解していた。

故に止めた。成功の見込みなんてないと口にしながら。

――――でも。

「ッ……お、思ってたより痛いニャ……ニャハハッ……」

カティマは止まることなく、レイピアを自身の魔石に突き立てたのだ。

留《とど》まることを知らず流れ出る血液と魔力を前に、彼女は急いで傷穴に管を繋ぐ。

……これでもう大丈夫。心置きなく気を失える。

身体は担架に横たわるディルの上に倒れ、彼の胸元で微笑《ほほえ》んで。

「――――私、お世話係をクビにしたつもりはありませんよ」

王女らしく淑《しと》やかに呟《つぶや》き、カティマはその意識を手放した。

一人残らず命懸け

暴食の世界樹が動きはじめたのは、三人が王都へ向かう途中のことだった。石畳を這《は》い、家々を縛る木の根が一斉にうねり、全方位から三人目掛けて襲いかかってきた。

ミスティが杖《つえ》を振り上げようとすると。

「試し切りをしておきたい」

ラムザが彼女の肩に手を置き、涼しい横顔を見せて言った。

何を呑気《のんき》な、と短いため息を漏らしてしまうが、ミスティは夫の声に異を唱えることはせず「分かったわ」と答え、一歩下がった。

こうしている間にも迫る数多《あまた》の木の根。

迎え撃つはデュラハンの大剣だ。

「分かっていたことだが、俺が知る木の根とは全然違うな」

動く木の根の時点で普通の木の根ではないが、特筆すべき点は堅さだ。刃の通りが悪いわけではなかったものの、過去に倒したどの魔物の骨よりも堅かった。

「当たり前でしょ。普通の植物じゃないんだから」

「ああ。おかげで随分と堅いのが分かった」

幹も見てくれよりも堅牢《けんろう》であろうことが想像できる。希少な金属や、強固な大岩をゆうに超すほどであることが経験則で分かった。

だとしても、彼の障害になり得るかは別だ。


――――彼の剣はアインの上を行く。


剣の王と自負するその冴《さ》えは、長い歴史の中でも随一。

傍《そば》にいる二人ですら、気を抜いていたら見切れぬ神速を誇るのだ。

「どうだった？」

「…………上陸する前に想像していたほどではない」

故に、覚醒《かくせい》した魔王であろうと、末端の力であるならば障害になるなんてもっての外。

向かってきた木の根の一切が例外なく断ち切られ、地べたに横たわる。切られてなお少しの間蠢《うごめ》いていた木の根は、やがて萎《しな》びた。

二度目、そして三度目と波状攻撃を仕掛けられるも、結果は変わらず。

刹那《せつな》の旋風が辺りに行きわたると共に、木の根は伏して鋭利な切り口を晒《さら》した。

「私たちもいいかしら」

「ああ」

「ん。じゃあ私も」

絶え間なく押し寄せる木の根が迎える末路は変わらなかった。ラムザが戦わないところで、連れ添う二人も劣らぬ実力者である。

大魔導の神髄を極めたエルダーリッチは木の根を砂に変え、嫉妬《しっと》の夢魔はふぅ――――と息を吐くだけで、目覚めることのない眠りにつかせた。

しかしそれからも木の根の波濤《はとう》は襲いつづけた。


三人は一斉に走り出し、ハイム王都目掛けて速度を上げた。

地を這って追う木の根は、いつしか緩やかな動きに変わっていった。ラムザが振り向いて確認すると、赤紫色の魔力が鎖の如《ごと》く纏《まと》わりついていた。

「アーシェか」

「ん！　どうせ倒してもまた来るから、ゆっくり倒れてもらうことにした！」

「…………趣味の悪い攻撃をするじゃないか」

「ひぐっ――――!?　こ、これは効率化だもん！」

冗談を交わしながらも、ラムザはしっかりと感謝している。

アーシェのおかげで追ってくる木の根は皆無となったのは事実で、さっきまでと比べてとても走りやすい。

見る見るうちに近づく王都と、そびえ立つ大樹。

決戦の舞台まで、もうすぐだった。

「ッ――――」

しかし、先頭を駆けていたラムザは唐突に足を止めた。

そこはハイム王都の目前。今では崩壊しきっていて見る影もないが、少し前までは城壁が設けられていた場所だ。城門もほとんど原形を留めていない。


忠義の騎士がそこに、一人で佇《たたず》んでいた。

「お久しぶりでございます」

「昨日《きのう》、すれ違ったばかりだろ」

「こうして言葉を交わすのが、という意味でございます」

「言われてみればそうだな――――マルコ」

マルコの身体《からだ》は夜でもよく目立つ。

血管のような管が全身に行き交い、脈動するたびにうっすらと光を発するからだ。

アインがマルコと一対一を行った時と比べても格段にその色が濃い。これはマルコが全盛期、あるいはそれ以上の力を滾《たぎ》らせている証明だ。

「アインを通じて、任務の完了を通知したと思うが」

「頂戴《ちょうだい》しております。その節は私の忠節を慮《おもんぱか》ってくださったこと、感謝申し上げます」

マルコはこう答えると、胸に手を当てて腰を深く曲げる。

「では、黒騎士副団長マルコへ新たな任務を告げる。我らと共に、アインの暴走を止めるためにその剣を振るえ」

「――――」

「どうした。なぜ返事をしない」

ラムザが差し出した手に対して、マルコは縋るように何度も指を伸ばした。

だが、最後は吹っ切れた様子で首を左右に振り。

「団長。恐れながら、私はすでに新たな任務を頂戴しているのです」

虚空から巨大な剣を取り出した。

……………やはり、こうなってしまうか。

内心で寂しげに呟くと、ラムザも同じく剣を持ち出し片手で構える。

「団長の命に従えないというのなら、それは忠義が死したということになる」

「お戯《たわむ》れを。わが忠義は死なず。故に私は剣を手に取るのです」

抽象的な言葉の裏には、以前にも増して強い忠義が宿る。

相手はアイン。

面前に現れたアーシェとの再会を喜ぶより先に、その忠義を示さんとする。

「アーシェ様。私は決して、貴女《あなた》様への礼を失してはおりません」

「ん……分かってる。マルコは優しいもん」

「……………どうかご容赦ください。ご存じの通り、あの戦いの後、私が真に仕える御方《おかた》だったのは
―――――ッ」

「言うな。もういい」

ラムザはアーシェを守るように言葉を挟んだ。

「俺たちはアインを止めにいく。お前がその邪魔をするというのなら容赦はしない。実力で排除するだけだ」

「では、私は主君の幸せのために忠義を尽くすだけです。そのためならば、団長と戦うことに是非

もありません」

「お前のような男が、幸せの定義を間違えるとは思わなかったな」

「いいえ。私はアイン様の幸せを間違えたことはございません。強いて言えば、暴走を止めるとお考えの団長よりも、私の方が正しく理解しているはずだ」

「お前、なんのつもりでそんなことを」

こんな意味のない戦いで消耗したくない。一目散にアインの下へと向かいたい。

ラムザは内心でこの状況に苛立《いらだ》ちを覚える。

「何度でもお答えいたします。私は主君のためならば、たとえ団長が相手であろうと戦います」

そう言ったマルコの身体を見たラムザが眉《まゆ》をひそめた。

全身に濃密な魔力を漂わせるマルコだが、魔力を纏わせすぎているように見えるのだ。言い換えると、無駄に魔力を消費しているとも表現できるほど。

それを見ているうちに。

「────ッ！」

突然、ラムザの頭の中に閃《ひらめ》きが走った。

「ははっ！　本当に面倒な男だなッ！」

彼は突然姿を消し────次の瞬間にはマルコの目の前に現れて剣を振るった。

「あなた！」

「お兄ちゃん！」

「二人は先に行け！　俺もすぐに追いつくッ！」

マルコは剣を横に向けて難なく、微動だにせず受け止めた。

「ッ………さすがは団長です。腕が痺《しび》れてしまいましたよ」

「微動だにしなかったくせに、よく言う」

強く、疾《はや》く、巧《うま》い。

剣を扱う者ならば確実に憧《あこが》れるだろうすべてが凝縮された剣戟《けんげき》が、今このときより。

ハイム王都、その城門前で繰り広げられる。

◇　◇　◇

ミスティとアーシェはラムザと別れ急ぎ足で王都に足を踏み入れた。

王都のほとんどは既に瓦礫《がれき》の山《やま》と化し、国王ガーランドの自慢だったハイム城も崩れ去っている。

残っているのは少しの民家ばかりだったが、その民家もアインが生みだした根やツタに覆われており、今や一帯は暴食の世界樹の縄張りだ。

港町ラウンドハートと比べても一層、風化しているように見えた。

「あの子にとっての邪悪な存在はすぐに吸い殺されていたのね」

通路脇を見ればいくつもの白骨化した遺体が転がっている。

ハイム兵の鎧《よろい》が近くに散乱しているのを見れば、彼らが元ハイム兵というのは明白だ。

「アーシェが暴走していた時はどうだったの？　意識はあった？」

「少しだけあったよ」

すると、驚いた様子でミスティがアーシェを見つめる。

「抗《あらが》えなかったのかしら」

「無理」

「それなら、どんな気分だった？」

「…………こんなときに難しいことを聞くのは意地悪だと思う」

むむむ、と唸《うな》ってアーシェが考え込む。ミスティは辺りを警戒しながら笑い、アーシェの答えを待った。

「寝不足が酷《ひど》かった日の進化形かもしれない」

「はい？」

「いらいらして、身体中がなんとなく痛くて、すっきりしない。ベッドに横になっても寝付けなくて、シーツの感触、足がこすれあう感覚全部に苛立って、自分の身体を切り刻みたくなる。枕に落ちた一本の髪の毛に舌打ちをして、おさまりの悪い毛布を燃やしたくなる」

じっと耳を傾けるミスティへつづけて答える。

「見える生き物が全部害虫みたいに汚らしく思えて、お風呂《ふろ》に入った時だけはすっきりできる。暴れたときはこんな気分だった気がする」

はじめて聞くアーシェの当時の心境は彼女らしさに溢《あふ》れた表現で、彼女が葛藤《かっとう》していたことくらいしかミスティには分からなかった。

「どこが寝不足の進化形なのよ」

「だ、だから難しいって言ったんだもん！」

地団駄を踏むアーシェを見てミスティが微笑《ほほえ》む。

「つまり、一秒でも早くアイン君を助けてあげないとね」

「…………ん！　そういうこと！」

彼女は言葉を交わし終えると、アウグスト邸を中心に根差した暴食の世界樹――――アインへ杖《つえ》を向けた。

隣に居たアーシェも気持ちを切り替えると、身体中に紫紺の魔力を纏う。

「どこから攻撃すればいい？」

「好きなところからどうぞ。どうせ全部攻撃しないといけないわ」

と、二人が会話をしていると、突然。

「ッ――――アーシェ！」

「ん！　分かってる！」

戦いの火ぶたが切られた。

閑散とした王都の街並みに立っていた彼女たち二人の下へと、死角となった陰からいくつものツタが這《は》いよってきたのだ。

『――――ッ！　――――……ッ』

ミスティは振り返ることなく、ハイム兵にしたのと同様にツタを輝く砂に変貌《へんぼう》させる。

つづけて、アーシェも動いた。

彼女は、ふぅ……と息を吐き、紫紺の魔力を空気に乗せてツタまで届けて干からびさせた。

はじめは小手調べだろうか。二人はほっと一息つきながらも警戒をつづけたが、その様子をあざ笑うかのように、上空に広がる枝についた結晶がほろほろっと地面に落ちた。

星の数ほど存在するそれは、数十個ほど二人の周囲に落ちると――――。

『アハハ――――アハ……ハ……？』

『ッ――フゥ……ハァ……エヘ……ヘヘ……』

奇妙な笑い声をあげて周囲のツタと根を集めた。

それらが結晶を囲い蠢《うごめ》いたかと思えば、中から、すぐさま新たな生物が姿を見せる。

「なに、あれ」

「友好的な相手じゃないのは確かね」

背の高さは一般的な二階建ての民家ぐらいだろうか。

一輪のバラのようなそれは、花びらのすべてにサメのような牙《きば》を備え、柱頭の部分には醜悪な舌が伸びる。

その舌から地面に垂れた粘液は石畳をいとも容易《たやす》く溶かす。

二人は異様な姿と光景に寒気を催した。さらに問題なのは、その生物が二人を囲むように数十体生まれたということだ。

「あれ、強いのかな」

その数十体は、皆がアーシェへなめずりしながら身体を向けた。

見ていて気分のいい生き物ではない。

「元となった結晶を思えば、決して弱くないに決まってるわ。一番面倒なのは個体の強さより、数の多さかしらね」

「それは分かる。だけど、どうしてみんな私を見てるのかが疑問」

「……あ、もしかして」

ぽん、とミスティが手を叩《たた》く。

「私はアイン君に召喚されたけど、アーシェはアイン君経由じゃないからかも」

「い、意味分かんない！　だからって目の敵にされてるの……!?　こんな小さな女の子を寄ってたかって慰み者にするなんて……ッ！」

すると、アーシェがミスティを差し置いて前に歩く。

「ちょっと！　アーシェ！」

「…………いい。自分でやる」

ミスティの呼び掛けに答えず、静かながらも威圧感に満ちた足取りで、バラの化物に近づいていく。

風を一身に浴びたように長い銀髪が広がった。

つづけてアーシェは両手をゆっくりと左右に開き、暴食の世界樹本体を見て口を開く。

「起きている者は皆等しく眠るもの」

乾いた音を立てて空気が鳴きだし、アーシェの立つ場所を中心に、地面や民家がうっすらとひび割れる。

「だから」

後ろに立つミスティでさえ息苦しさと重さを感じ、無意識に膝《ひざ》をつかされた。

何をするつもりなのか。歪《ゆが》んできた視界の中に立つアーシェをミスティは閉口して見つめた。

こうして、五百年前に暴走した魔王は。

歴史に名を刻む大戦のときと変わらぬ凶悪さを。


「────これは夢だよ。ただ、ちょっとだけ怖いだけ」


ハハハハッ、アーッハッハッハッハ、フフ……フフ……、ヒヒヒヒヒッ、ウフフフフ……。

アーシェでもバラの化物でもない、老若男女あらゆる声がいくつも王都中に響き渡った。反響し、耳に強く入り込み、身体中に絡みつく声だった。

声を浴びたモノはその身体を横たわらせる。

崩れていなかった民家が一斉に崩れ去り、バラのような生物も顔となった花の部分を一斉に石畳へと叩きつけた。

痙攣《けいれん》を少しの間繰り返したが、程なくして動きを止めてしまう。

一瞬だ。

すべて一瞬の出来事で、生き物も建物も。

皆、魔王アーシェの声により眠りについたのだ。

「ほら、寝ちゃった」

さっきまでの凛々《りり》しい態度は一変し、ぼんやりとした表情でアーシェがぐっと手を握る。

説明もなしにあんなことをされた側としてはたまったもんじゃない。

「なにがほら、よッ！　危ないでしょっ⁉」

「ピ…………ピィッ!?」

後ろで見守っていたミスティの額には汗が浮かんでいる。片膝をついて杖に身体《からだ》を任せなければならないほど、身体に押し寄せた重さは常軌を逸していた。

「お、怒らないでよ……私、頑張ったんだよ」

打って変わってしょんぼりするアーシェに、ミスティは呆《あき》れて頭を抱えた。やはり魔王というのは格別の存在だ。

なんだかんだと、こうして王都全体に影響を与える力を見せてくれたのだから、それ自体はとても頼もしい。

「つづきは帰ってからにしましょう」

「良かった。怒らないで――――」「怒るのはアイン君を何とかしてからよ」「――――辛《つら》い」

さて、追撃開始だ。

アーシェをよそにミスティが気合を入れると、暴食の世界樹に新たな動きが起きる。

魔力の結晶が何個も何個も降り注いできたのだ。

今回はそれだけでなく、地面から太い根やツタも何本も現れ、ミスティたちから距離のあるところで構えた。

どうやら、ミスティのことも敵とみなしたらしい。

……つまりここからが本番である、と二人は意識を共有した。

◇　◇　◇

王都の中ではアーシェとミスティの二人が必死になって戦っていたが、城門の外にいる二人もそれは同じだった。

何度も剣を交わしていたラムザとマルコだったが、決着らしい決着はついていない。

戦況はラムザの優勢がつづいていたが、それでも決着がつかないのには理由があった。

ラムザの剣は何度も何度もマルコを切り、マルコの身体に傷をつけた。しかし、少しすればすぐに傷が癒えてしまう。

大樹から降り注ぐ煌《きら》めきが、魔力がマルコの身体に溶け込んでいくのだ。それは、幾度となく傷をつけても絶えることがなかった。

剣戟を交わすたびだから、何度同じ光景を見せられたか分からない。

「どうやら、魔力切れはなさそうだな」

「これはこれは。団長も同じなのでは？」

「残念だが、俺とミスティは違う。アーシェに至っては受肉しているしな」

「ふむ。私の予想通りの展開です」

顔のないマルコの表情は分からないが、声からは満足げな様子が伝わってきた。

「仮に勝負を決めようとしたならば、魔力の供給が追い付かない一撃必殺しかないわけだ。とはいえ、いくら俺であろうとも、全盛期以上の力を誇るマルコにそれはできん」

「団長が手心を加えてくださっているからですよ」

「謙遜《けんそん》するな。俺を抜かせば、マルコ以上の剣の使い手は存在しない」

「そう言っていただけて光栄です。……いやはや、アイン様には申し訳ない限りです。私を召喚するだけでもかなりの魔力を消費するというのに、こうして、幾度となく団長の攻撃から私を守ってくださってるのですから」

マルコはわざとらしく語りだした。

すると、一方のラムザは頭を掻《か》いて口を開く。

「回りくどい忠義だな。マルコ」

「回りくどいもなにもございません。私は最初から申し上げていたでしょうッ！」

マルコの身体が光り、大剣を構えて走り出す。

彼は真正面からラムザの剣へ、自分が持てる最大限の力を以《もっ》て立ち向かう。

「私の願いは主君のッ！　アイン様の幸せのみッ！」

この時のマルコの一撃は、本来のマルコには出せないほどの力に満ち満ちていた。すべてはアインから供給されつづける膨大な魔力の恩恵である。

「なんとも理不尽な力だなッ！　限界を超えた強さながら、自分自身にはなんの障害もないとはッ！」

「異なことを申されますね。団長のお力の方がよほど理不尽でありましょうに！」

戦いはつづいた。

不毛の大地が更に変貌を遂げようとも、二人は手を止めなかった。

通常であれば魔力が切れてしまう剣戟だろうとも、マルコは身体に供給される魔力を惜しみなく使い、ただひたすらに戦いに没頭した。

対するラムザにもまだ余裕がある。

そもそもの力の差により、魔力の供給がなかろうと優位は変わらない。

「はぁ……はぁ……ッ」

「…………硬いな。マルコ」

砂塵《さじん》は舞い上がり、大地は抉《えぐ》られ、周囲は戦時中よりも凄惨《せいさん》な様相だ。

両者とも決め手となる一手に欠け、呆れるほどの膠着状態《こうちゃくじょうたい》。いくら身体の損傷を癒《いや》せたとしても疲れは溜《た》まる。

魔力ではなく、純粋な体力のせいで。

「表現しにくい感情だ。相手はぼろぼろだというのに、いまだ決定的な一撃は与えられない。こんなのは経験したことがない」

否、疲弊しているのはマルコだけだ。

ラムザには依然として余裕がある。

「さすがは団長です。こうまで地力の差を痛感させられるとは」

「こちらこそ、力不足を痛感しているところだ」

しかし、マルコへの魔力の供給速度が落ちてきた。

ほんの数分前、十数分前に比べて圧倒的に。

更に剣を交わすこと数分で、その変化はさらに顕著なものとなる。傷の修復が遅れ、鎧《よろい》についた傷が徐々に増えてきているのだ。それを見てラムザはマルコに声を掛けた。

「もう、十分だろう?」

「………」

「お前が何をするつもりなのか、もう俺にも分かってるんだ」

「何を言うかと思えば。この私が退《ひ》くとでもお思いですか。――――しかしながら」

遂《つい》にマルコは剣を地面に突き刺し、戦う構えを解いた。

「私が不甲斐《ふがい》なかったせいでしょうね。アイン様から力を頂戴《ちょうだい》しすぎたようです。王都内での戦いも加味すれば、私へ魔力を供給しすぎている状況です」

「はぁ……やはり、そういうことだったか」

「私の役目はこれで終わりました。ここより先は、お三方にお任せ致します」

「そうするつもりなのだろうと思っていたがな。だがまさか、本当にこうしてアインを消耗させるとは」

「私は誤解のないように申し上げたつもりですよ。アイン様の幸せのみを願っていると」

「俺もよく言われるが、言葉が足りてないのが問題なんだ」

「失礼致しました。肝に銘じておきましょう」

二人の間にすでに戦意はなく、ラムザの足は王都の中へ向けられた。すると、港町ラウンドハートからここまでつづく荒野の方で、新たな木の根が生じた。

「後程、お傍に参ります」

マルコはそう言って、ラムザに背を向け剣を構えた。

「お前も敵と認識されたようだな」

「しかしながら、予定より多くの魔力を浪費できました」

――暴食の世界樹と化したアインはまさに力の塊だ。

だからこそ、マルコはあの方法を選び取った。彼は自分が敵と認識される前に、ああして魔力を浪費させることを思いついたのだ。

「中で待っている。早く片付けて合流しろ」

「はっ――確かに拝命致しました」

さぁ、もう一息。

ラムザは王都の中に足を踏み入れ、頬《ほお》を強く叩いて気を引き締めた。

◇◇◇

「アーシェ。気が付いてるかしら」

「気が付いてるって、何が⁉」

前後左右から襲い掛かるツタや木の根。

それらを避《よ》けながら、二人は器用に会話をしていた。

「お相手の勢い、収まってきてるのよ」

「こ、攻撃で精いっぱいでよく分かんない！」

「いいから、よく見てご覧なさい」

すると、二人の周囲に蔓延《はびこ》っていたものすべてが切り伏せられた。

「────その通りだ。今が最大の好機だぞ」

「あなた！　マルコとは何が────ッ！」

「説明は後でする！　あいつは俺たちの味方ってことだけ分かっていればいいッ！」

駆け付けたラムザからそれを聞いて喜んだのはアーシェだ。自分はもうマルコから見放されたと感じていたのか、深く安堵《あんど》した様子を見せる。

そんなアーシェの気を、ラムザが引き締めた。

「今が本当にギリギリだぞッ！　急がないと止めるも何もなくなるからなッ！」

ミスティが魔法を放ち、ラムザが剣戟で立ち向かい、アーシェが嫉妬《しっと》の夢魔の力で攻撃を仕掛ける。

二人の時とは違い、ラムザが居ることで一気に態勢が整った。三人にも疲れが見えはじめてきたが、暴食の世界樹も勢いが収まりつつあるのは同じこと。

「アインを休眠状態に追いやって……その後はどうするんだ！」

「そんなの後で考えるしかないわよ！　今できるのは、私たちがどうにかできる段階で眠ってもらうことだけだもの！」

「なるほど、分かりやすくて嫌いじゃないッ！」

三人が揃《そろ》って戦いはじめ、勢いを増したところへと。

『ッ────エヒヒ……！』

『アハァ。フフフッ』

正面から湧《わ》いたバラの生物たち。

暴食の世界樹の本体を守るため、更に数を増やして牙《きば》を剥《む》いた。

「退《ど》いてろッ！」

この生物たちと最も相性がいいのはラムザだ。

彼の剣は海龍を両断できるほどの切れ味。

横薙《よこな》ぎ一閃《いっせん》、あっという間に切り伏せられていく。

「二人は全力で攻撃をつづけて！　私はアイン君の根に働きかけて、無理やり休眠状態に追い込むわ！」

「お姉ちゃん！　本気でやって殺しちゃったらどうするのッ⁉」

「殺すつもりでやったところで、もう殺せる相手じゃないから心配しないで！」

それを聞いたラムザは、すかさず幹に向かって駆けだした。

「――――あなた！」

「――――お兄ちゃん！」

幹との距離が近づき、二人が強い口調でラムザを呼ぶ。

そして。

「――――よく見ておけよ、アイン。これがお前に剣を教えた者の全力だ」

走る勢いを乗せ、ラムザが腰を深く落として大剣を大振りに構える。

漆黒の大剣が動くたびに空気が割れ、大剣に引力があるかのように空間を歪《ゆが》めた。

「あああああああぁぁぁぁぁッ！」

この時、周囲の空気は世界樹へと――正確にはラムザの大剣へと引き寄せられ、辺り一帯に突風を巻き起こしていた。それは、港町ラウンドハートに、王都の方向へと波が激しく打ち寄せるほどだった。黒より昏《くら》い、光を食い尽くしたかのような一閃が暴食の世界樹へ。

『ギッ、ギギギギィィィィ――アアアァァァッ！』

三人ですら耳を覆いたくなる悲痛な声が辺りに響く。

悲痛な声の主は暴食の世界樹だ。

幹に作り上げられた深々とした亀裂は、破壊力の証明。

しかし、喜ぶことができたのはほんの一瞬だった。

亀裂の中に現れたモノを見て、皆一様に戦慄《せんりつ》したのだ。

「……あれは暴食の世界樹が生長しきった時に生まれる災厄よ」

「ああ、この大陸を一瞬で破壊できると言われても納得できそうなほど、馬鹿みたいに強い魔王になっただろうさッ！」

中にはいくつもの巨大な目がギョロッと蠢《うごめ》き、周囲には黒くドロッとした液体が充満しており、亀裂から幹の外へ漏れ出した光景は落涙のよう。

一瞬、ほんの一瞬だけ目が合ったにすぎないのに、アーシェは身体《からだ》の震えが止まらず、身体全体を襲う畏《おそ》れに歯を食いしばった。

「怖い、けど」

こんなものを放ってはいけないと考え、一心不乱に身体中に力を込める。

「あなたは出てきたらだめな存在なの。だから…………もうっ！」

両手を向け、アーシェが力の奔流を暴食の世界樹へとぶつける。

「もう、止まって――――ッ！」

ハイム王都に来て最初に放った一撃より更に強く、更に濃く魔力を込めた渾身《こんしん》の波動。

それは槍《やり》のように傷跡に射当てられ、着弾した直後、片時だけ静寂が訪れた。

――――アーシェの魔力はそこで、暴食の世界樹の内側から爆《は》ぜたのだ。

「ミスティッ！」

周囲に集まりつづけるツタや根を切り裂きながら、ラムザが好機を逃すなとミスティへと声を掛けた。

彼女は杖《つえ》を両手に持ち、面前で横に構え――――。

「大樹ごと封印するわッ！」

エルダーリッチ・ミスティ。彼女が放った魔法は強大だった。

杖を中心に地面、地中が結晶化していくと、地表で猛威を振るっていた木の根は眠るように動きを止め、同時にツタやバラの生物も息絶える。

結晶化は大樹の根元にも届いた。幹を下から磨き上げられたクリスタルのように変えていくも、その速度が不意に鈍化した。

結晶化した地面にひびが入り、大樹が揺れる。

そう、封印するに至らなかったのだ。

「まだなの…………ッ!?」

「もう一度だ！　俺が隙を作るッ！　俺たち三人ならどうにかできるッ！」

ただ、さっきの魔法は何度も使えない。

また放てるまでの時間が稼げるかどうか、ミスティの脳裏に失敗の言葉がよぎりかけた。

それを見て、アーシェが思わず口を開いた。


「――――いいえ、四人でございます」

ラムザと別れて戦っていたマルコが、遂に合流を遂げた。

それを見て、アーシェが思わず口を開いた。

「ッ……………心配させたマルコには、後で言いたいことがある」

「申し訳ありません。アーシェ様。落ち着き次第お話し致しますので、この場はどうか、ご容赦ください」

マルコという戦力が到着したことで、戦況が楽になる――――ことはなかった。

合流してすぐ、辺りの様子が更なる変貌《へんぼう》を遂げる。


天空は震え、魔力の紫電が暴食の世界樹を中心に轟《とどろ》いた。

大地は割れ、そこから生暖かい吐息が。

割れた地面から這《は》い出た幾本ものツタはイシュタリカ王都の大通りよりも太く、見える長さだけでも海龍の数倍はくだらない。表面を覆う棘《とげ》は戦艦の全長よりも長く、ツタの先端にはバラの魔物と同じように口があった。

それらが、王都を幾重にも取り囲む。

漆黒の木の根が辺り一帯の大地を埋め尽くしていく。

「暴食の世界樹も勝負を決めに来たらしいな」

ラムザは冷静に言ったが、首筋を汗が伝っていた。

戦いに時間を掛け過ぎたこともあり、暴食の世界樹はさらなる生長を遂げていた。

新しく出現したツタは、暴食の世界樹が持つ特有の魔力を全身に帯びているせいか、堅牢《けんろう》だ。

絶対的な相性の良さを誇っていたラムザも、同じく剣を扱うマルコも今ではその剣の通りが悪い。

「ゼァァアアッ！」

ラムザが大剣を横薙ぎ。

しかし断ち切れず、翡翠《ひすい》の液体が表面の傷から滴っただけだった。ラムザは驚きのあまり声をあげる。

「これのどこか植物だッ！　骨がある植物なんて聞いたことがないぞッ！」

ツタの芯《しん》を見ることができた。

中にあったのは植物を構成するような組織ではなく、巨大な魔物の背を支える脊柱《せきちゅう》のようにゴツゴツとしたもの。ただの骨なら苦労しない。これが暴食の世界樹の力により生み出されていることが問題だった。

これがあるせいで、今までのように軽々と断ち切れないのだ。

「団長ッ！」

「ッ――――ああ、助かる！」

つづけて放たれたマルコの剣により、やっと一本のツタが切り伏せられた。

だが、たかが一本にすぎない。

すぐに新たなツタが大地を割って現れるし、これまでに現れた数を含めると膨大だ。

前後、上下左右。

もう、どこから攻撃されているか論ずることは不要である。

「一本一本が、あの海蛇以上だと思った方がいい」

「海蛇――――それが海龍のことを指しているのでしたら、知りたくなかった情報です！」

現代のイシュタリカにおいて国難、あるいは災厄として知られている海龍。

百年から二百年に一度現れる海龍は歴史の中で多くの命を奪った海の王であるというのに、大地を割って現れるツタのすべてが、それ以上の堅牢さを誇っていた。

「――――最悪」

ミスティが港町ラウンドハートの方角を見て呟《つぶや》いた。

「どうしたんだッ！」

「急いでなんとかしないと、攻撃の余波がイシュタリカに到達してしまうわッ！」

「なっ――――このくそ忙しいときにッ！」

「承知致しましたッ！　ミスティ様ッ！　前衛はこのまま我らにお任せをッ！」

「ああ！　ミスティは魔力を練ることだけを考えろッ！」

新たに襲い掛かったツタの先、大口を開けた花をラムザが両断する。大地に落ちた花は一瞬で枯れ果て、二人ですら眉《まゆ》をひそめる濃密な瘴気《しょうき》を放ったが、代わりに収穫もあった。

「顔を狙《ねら》えッ！」

「ええ！　どうやらそれが楽なようでッ！」

堅牢な骨の砦《とりで》を攻略するよりも、明らかに処理速度が上がる。

多くの生物と同じで、頭を狙うことが有効であるらしい。となれば話が変わってくる。

躱《かわ》し、時に剣を用いて攻撃を逸《そ》らし。

剣先が狙うは、ツタの先端で花開いたところの大口だが。

「そう上手《うま》くはいかないか…………ッ」

そびえ立つ暴食の世界樹の本体の枝々に実った魔力の結晶が降り注ぎながら、爆ぜる。宙で幾本もの光芒《こうぼう》が複雑に交錯して、ラムザとマルコの鎧《よろい》を貫いた。

「ぐぉっ…………これほどの生長を遂げたのなら…………さっきの魔法では…………ッ」

「堪《こた》えますな――――ッ！　数分前と別格の強さだッ！」

「二人とも！」

魔力を練っていたミスティが悲痛な声をあげた。

彼女が二人に駆け寄ろうとする。

「離れてろッ！　これは前衛の仕事だッ！」

ラムザが強い口調で言い、彼女を踏みとどまらせた。

「でも――――ッ」

「そのまま魔力を練っていろッ！　ミスティには別の仕事を用意してるッ！」

「ま、魔力を練る以外にってこと⁉」

「ああッ！　ミスティだって分かってるだろ⁉　さっきと同じ威力で魔法を放ったところで、これほど強化された相手には通用しないッ！」

「だったら────ッ」

「いいから下がれッ！　俺たちが舞台を整えるまで時間を無駄にするなッ！」

やり取りを重ねても時間を浪費する。

強く言われ、最後に添えられた言葉を信じたミスティが急いで退避。

「アーシェはミスティの傍に居ろッ！　ミスティが倒れたら勝ち目がないぞッ！　絶対に離れるんじゃないッ！」

「んっ！　分かった！」

残るラムザとマルコは傷の痛みに耐えつつ、反撃の機会を窺《うかが》った。

でも、光芒の数が多すぎる。ツタについては剣を振れば切り伏せられるが、文字通り光速の攻撃が連なりつづければ対処は難しい。

いつしか、全身の傷が無視できない数まで増えていた。

「…………団、長────ッ！」

マルコは自身の限界が来る前にと、ラムザの前に立ちはだかる。

ここに来て、俺を守ろうとするのか。

背を見つめるラムザは心に熱を抱くと共に、苛立《いらだ》った。

「昔から変わらないな」

「ええ…………ッ！　私は常にイシュタリカ王家に────ッ」

「そうではない。マルコの忠心が変わらぬことは知っているとも。────変わらないのは、俺が情けないという話のことだ」

ラムザはマルコと同じく鎧を貫かれて血潮を流しているというのに、衰えるどころか増した膂《りょ》力《りょく》でマルコの肩を強く掴《つか》み、強引に下がらせた。

痛みはある。だがそれよりも、不甲斐《ふがい》なさで心が痛い。

「マルコはマルコで、大戦のとき、イシュタリカを守れなかったことを悔やんでいるのだろうが」

しかし、当時のことを思い悔しさを滲《にじ》ませるのは自分も同じ。

「息子に妹を殺させた俺には、守られる資格なんてない」

そもそも、守られるつもりはさらさらなくて。


「────刮目《かつもく》せよ。其《そ》は匹儔《ひっちゅう》する者なき剣の王」


この言葉は、決してただの口上ではない。

奮い立たせるための言葉であり、力を行使するための詠唱だ。


「────刮目せよ。其の面前、一切が立つことを許さず」


数多《あまた》行き交う光芒を、彼の居場所だけがそのすべてを弾《はじ》いた。

振り上げられた大剣は再び大気を歪め、勁風《けいふう》を呼ぶ。

「マルコ」

「は────はっ！」

「俺は情けない姿ばかりを晒《さら》してきた。家族を守れなかった男と嘲笑《ちょうしょう》してくれても構わん。任務を与えるだけ与え、先に死した無能な上官と罵《ののし》ってくれてもいい」

マルコは嘘《うそ》でもそんなことは言えないと思った。

彼の背を見ていたら、従ってきたことが正しかったのだと実感させられた。

「醜態を晒してきたからこそ、俺は守られているべきじゃない。命を賭《と》して戦い、囚《とら》われのあいつを救わなければならない」

そこで、ラムザは少しだけ顔を後ろに向けた。

「と、そんな男が何を言うんだと思うだろうが」

僅《わず》かに見えた朗笑した横顔は、絶望的な戦いの中でも人間味を感じさせる。

見ているだけで、頼もしさを覚えてしまう。

あと僅か、もう一秒と経《た》たぬうちに光芒が二人の下へ届くというところで、ラムザの顔が変貌した。

刹那《せつな》に剣の王の覇気を纏《まと》い、前方に顔を向けて。


「――――舐《な》めるなよ、暴食の世界樹」


意地だった。

イシュタリカという国の祖としての。剣の王としての。

振り下ろされた大剣は刃《やいば》と化した勁風を全方位へ放つ。割れた大地は更に割れ、変貌していた空に漂っていた雲さえ一瞬で雲散した。

風圧は暴食の世界樹の本体へ届き、枝先の葉をも切り裂いた。

堅かったはずのツタはいずれも漏れなく、剣の王が放つ必殺の一撃に平伏《ひれふ》した。

「くっ………」

光芒もそうだ。猛威を振るうすべてを切り、辺りを一掃。

大剣で身体《からだ》を支えなければ立てないぐらい消耗したが、戦況は一変したのである。

「お見事です」

「………世辞は要らん」

「世辞なものですか。このような剣の力を見せつけられてしまえば、私の今までが正しかったと思わざるを得ません」

今度は身体を支えられても、断らず。

ラムザは肩を許し、マルコと顔を見合わせてほくそ笑む。

「暴食の世界樹も大きく消耗したはずです」

しかし、暴食の世界樹の猛威は瞬く間に復活をはじめ蠢《うごめ》きだした。けれど、勢いが弱い。明らかにラムザの大技の影響である。

「ミスティ。時間がないから手短に言うぞ」

これほど消耗した夫の姿を最後に見たのはいつのことだろうか、とミスティは考える。

大戦当時もまったく見なかったぐらいで、更に遡《さかのぼ》りラムザがスケルトンだった時代にもそう見たことがない。意固地で、弱みを見せないことを美徳と思っている節がある彼は、どこまでも雄々しく振舞う男だから。

それゆえ、無駄なことを言うとも思えなかった。

「詠唱《えいしょう》だ。あちらが勝負を決めるつもりなら、こっちもそのつもりで行かなければ相手にならない」

ハッとしたミスティの顔が変わった。

「弊害は分かってる。詠唱の間は無防備になることも、詠唱して魔法を放ってしまったら、後には町娘のように弱々しくなることもな」

「――――本当にいいのね？　私、その後は少しも戦力にならないわよ？」

「もう一度言う。暴食の世界樹は後先を考えず、なりふり構わず戦っている。俺たちが後のことを考えて戦っても負けるだけだ。こうなると、伝説のエルダーリッチに頼らざるを得ない」

ミスティがすぐに頷《うなず》いた。

「私をか弱い町娘って言ったことは怒らないであげる。まだそう思ってくれるのかって思ったら、ちょっと嬉《うれ》しくなっちゃったわ」

彼女は場にそぐわぬ茶目っ気を見せ、切なそうに笑った。

「頑張って急ぐから、ちょっとだけ時間をちょうだい」

「ああ、いくらでも稼いでやるさ」

強がって口にすると、マルコを見た。

「こういうことだ。まだいけるか？」

「愚問です。この身体が動く限り、団長のお傍で戦いましょう」

「頼もしいことだ」

簡潔に言ったラムザは懐を漁《あさ》って、用意していた魔石を二つ取り出す。一つはリプルの果実のように噛《か》んで魔力を吸収し、もう一方はマルコに渡した。マルコは魔石を剣先で砕き、溢《あふ》れ出た魔力を身体に流し込む。

「もうひと踏んばりだ。いけるな？」

「はっ！　お任せください！」

こうして、ラムザはマルコを伴い駆け出した。

背後では、ミスティが詠唱を口ずさみはじめる。

〝――――権能を統べる竜人の大鎌〟

元来、それこそ数百年以上昔から、魔法には詠唱という概念があった。

即《すなわ》ち名乗り、即ち宣告。

言葉に魔力を乗せ、行使される魔法を具現化する手法の一つとして。

「昔、俺がまだスケルトンだった頃《ころ》に聞いた話だ」

詠唱せずとも魔法を行使することは可能であり、現代では詠唱する者の方が少なくなっている。

ただこれは、決して詠唱が無意味であるということではない。

「ミスティがエルダーリッチになる以前、母代わりの師が存在していたらしい」

詠唱をすることにより、身の丈に合わない魔法を行使することが可能になる。

あくまでも、使用者の実力が関係する事実は変わらないが、詠唱をした際に限って、普段と比較にならない魔力消費のもと、一時的に限界を超えられる。

〝夢幻の中で在りし日を眺め、閥族の骸《むくろ》に罪咎《ざいきゅう》を数ふ〟


これは詠唱の本来の活用の仕方でない。

基本的には魔法を使いこなすための確認、あるいは心を整えるための準備として扱われている。

しかしながら、詠唱が強化を担う事実を知る者もいないわけではない。

「数えきれない魔法を教わったと聞く。しかし一つだけ、千年経っても使いこなせなかった、とミスティは言っていた」

それでも詠唱をする者が少ないのは、詠唱する時間が惜しいからだ。

魔物を前にして悠長に詠唱をする時間はない。仮に詠唱したところで、魔法の威力が倍増するわけでもない。

身の丈に合わない魔法を使う機会だってそう多くない。

機会があったところで、おおよそが絶体絶命のときだろう。

だが、そのときには身の丈に合わない魔法を使うだけの魔力が残されていないだろうから、どちらにせよ大きな意味を成さなかった。

「はじめて聞きました。しかし、ミスティ様に使えないほどの魔法とは」

「俺も最初は耳を疑ったさ。そもそも、あのミスティに魔法を教えていた存在というだけで驚嘆に値する」

ツタと木の根を切り伏せる。共に剣を振る二人は、詠唱するミスティを守るためだけに戦った。

「だから守れッ！　俺たちの仕事はそれだけだッ！」

一秒、二秒、そして三秒と時間が過ぎていく。

だけど、十秒が遠い。

ここから更に数十秒も稼がなければならないと思うと、くじけてしまいそうになった。しかし決して振り向かない。ミスティを信じて戦いつづけた。


〝破鏡を重ねたこの躰《からだ》で、時の女神の叡智《えいち》を求む〟


やがて、ミスティが杖《つえ》を天に掲げる。

これを受けて二人は確信した。

もうすぐ、詠唱が完遂されると確信したのだ。

〝――――もしも叶《かな》うのなら〟

ミスティの手に握られていた杖は、まばゆい光と共に大鎌へと姿を変えた。

全体が水晶で作られたように美しい宝物だ。

〝過ちを犯した私に、贖罪《しょくざい》の時を授けんことを――――ッ〟

ダイヤモンドダストを想起する閃光《せんこう》。

宙を舞い、地を駆ける。大気がしんと静まり返り、三人が居る場所を中心に地表がクリスタルに覆われはじめた。

詠唱はこれにて完遂。

大鎌はミスティにより振り下ろされて地面を穿《うが》ち、光となり消え去った。

「はぉ………はぁ………ッ」

だが、これでも十分ではなかった。

――――刻一刻と進化をつづける暴食の世界樹は深く傷つきながらもいまだに脈動をつづけていた。幹の傷から滴る黒い液体で地べたを濡《ぬ》らし、地表のクリスタルを溶解させた。

ミスティの魔法も負けてはいない。溶けたそばから再び結晶化がはじまり、黒い液体を押し返していく。

しかし溶けたクリスタルから立ち上る瘴気《しょうき》が、アーシェを除く三人の身体《からだ》を蝕《むしば》んだ。

黒い液体に覆われた地表からは、黒に染まったツタが現れ四人を煽《あお》るようにうねる。

「私も、戦う」

これまでミスティを守っていた夢魔の魔王が、三人の前に出た。

紫紺の魔力は彼女の手のひらの上で凝縮され、揺れた。

小さな水晶玉程度の大きさまで変貌《へんぼう》し、空を揺らし、大地を揺らした。

生命力を魔力に変えているのだと、ミスティとラムザにはすぐに分かった。

「死ぬつもりで攻撃するのは許さないわよ」

「ああ、ゲンコツだぞ」

「ぷっ……………なにそれ。自分たちは死ぬ気であの子を止めるって言ってたのに、私がしたらダメなんだ」

振り向いたアーシェが見せたのは、屈託のない笑みだ。

「大丈夫。多分寝ちゃうけど、後で起きるから安心して」

それに、と言葉をつづける。

「眠らせるなら、夢魔の私の方が向いてる」

紫紺の塊が彼女の下を離れ、暴食の世界樹へ向かっていく。

そよ風に舞い上がる綿毛が如《ごと》く、穏やかな動きで。

柔らかく────漂いながら。

『ウェへェッ…………へェーハァッハァッハァッハァッ！』

結晶にヒビが入り、傷口から覗《のぞ》く瞳《ひとみ》と視線が交錯。

でも、アーシェは脂汗を浮かべてもなお目を逸らすことなく睨《にら》み返す。

「その状況で耐えられるのなら、いくらでも耐えるといい」

『ヒアァ………イィッヒッヒ…………ッ！』

アーシェは、嫉妬《しっと》の夢魔は宣告する。

「おやすみ…………暴食の世界樹――――ッ」


漂う紫紺が爆《は》ぜた。

破壊力に満ち溢れた暴風が吹きあれると共に、紫紺の光が螺旋《らせん》を描いて大地から天まで伸びていく。魔王の名に恥じることのない破壊力は十数秒にわたって猛威を振るいつづけ、最後には唐突に気を失ったアーシェと共に、その光が消え去った。

「自慢の妹だよ、お前は」

彼女が倒れる直前に身体を支えたラムザが労《いたわ》りの言葉を口にする。その身体を静かに横たわらせると、マルコと暴食の世界樹を交互に見た。

マルコも世界樹を見つめながら、思わず口にする。

「暴食の世界樹…………なんと凄《すさ》まじい力でしょうか」

暴食の世界樹が耐え切れずに負けてくれることを願った、その時のことだ。

「なっ…………なにが起こったんだ」

後頭部を鈍器で強打されたが如く、暴食の世界樹が一瞬、大きく揺れた。幹から黒い液体が流れ出なくなり、黒く染まったツタも萎《しな》びた。

「ま、まさかアイン様のお心が――――ッ！」

「そうかもしれんッ！　ミスティ！　これが最後のチャンスだッ！」

「ええッ！　分かってるッ！」

詠唱した魔法が消え去るその直前。

ミスティの力が、暴食の世界樹の抵抗を押し返した。

溶解したクリスタルは地表を覆い直していき、大樹の幹へたどり着く。

幹は瞬く間にクリスタルに覆い尽くされ、ミスティは膝《ひざ》をつくと同時に――――。


「――――封じきれた、みたい」


辺り一帯のハイム王都は、時空から隔絶されたオブジェのように変貌を遂げていた。

大地の亀裂はおろか、怯《ひる》みを知らなかった木の根やツタに至るすべてがクリスタルのオブジェと化していて、生気の欠片《かけら》も感じられない。

不気味だった天空も、魔力の結晶たる星々は姿を消していた。いつの間にか端の方が明るめの橙色《だいだいいろ》に染まっている。長い間戦っていたせいか、夜が明けるまでもうすぐのようだ。

「アーシェもミスティも、すごい魔法だった」

「…………あなた」

「さぁ、手を。よくやってくれた」

彼は自分よりも傷を負っていて、消耗しているのに。

惚《ほ》れ惚《ぼ》れとする雄々しい笑みを向けられ、ミスティはふっと笑みを零《こぼ》して手を取った。

「これなら、昔もアーシェを止めることはできたんじゃないか？」

「使えていたらね」

「そうだったな。あの大戦の中でこれほどの余裕を生み出すことは難しかった。――――マルコも無事だな？」

「はっ。情けなくも守護していただいたおかげです」

「馬鹿を言うな。一番強い剣士の俺が守って何が悪い」

「恐れながら、私は臣下ですよ」

「――――ふん。そんなことはどうでもいい」

照れ隠しに強く言って、暴食の世界樹を見上げる。

寄り添う妻《ミスティ》の肩を支え、共に笑い合った。

暴食の世界樹はこの巨大なオブジェの中で一際目立つ。

一目見てガラスの置物のようだし、極寒の氷原に並ぶ凍り付いた木々のようでもある。

「アレはどうなっているんだ」

「この周辺ごと、時を止めたわ」

「時を止めるだって？」

「そう。死んではいないし、眠っているわけでもないわ。あくまでも、時が止まっているの」

「アインは――――」

「大丈夫。救い出す術《すべ》はいくつかあるから」

「ああ………………ということは」

勝った。限りなく最善の形で。

ただ、この言葉を発することはできなかった。喜びのあまり力が抜け、嘆息を吐くことしかできなかった。

「少しだけ、休みたいな」

「どうせなら十年ぐらい休みたいわね」

「同感です。しかし、そうも言ってられないかもしれませんね」

「分かってるわよ。ちょっとだけ、少し休むだけだから」

アーシェを除く三人は一斉に地べたに大の字に倒れ込むと、少しずつ色づく蒼穹《そうきゅう》の空を見上げた。

王妃の蒼珠《そうじゅ》

時間は少し遡《さかのぼ》り、リヴァイアサンがイシュタリカ王都に戻って間もない頃《ころ》。謁見《えっけん》の間にて。

ロイドが三人と港町ラウンドハート沖で別れたことを口にして、それをクローネをはじめとする者たちが聞いてすぐ。

不意に発生した大きな揺れに、謁見の間に集った一同が眉《まゆ》をひそめた。

「陛下。ハイムでの戦いに動きがあった模様です」

これまで膝をついていたロイドが立ち上がり、窓の外を見て言った。

遠くの空、ハイム王都の方角の空だけが真夜中でもよく目立つ。

リヴァイアサンから見た暴食の世界樹が放つ煌《きら》めきが、ここ、ホワイトナイトからでも観測できた。

「ロイドよ、急ぎ港へ向かい指揮を執れ」

「はっ！」

「リヴァイアサンをはじめとした王族専用艦も沖に向かわせよ。何があるか分からん。迎撃の構えに移れ」

慌てて謁見の間を立ち去ったロイドの表情は硬かった。報告に帰って間もないというのに、戦いの余波を感じさせる状況となれば、仕方のないことだろう。

「何もできぬことが歯がゆくてたまらぬな」

シルヴァードが言うと、集まった皆が頷《うなず》いた。

◇◇◇

海龍よりも脅威とラムザたちに言わしめたツタがイシュタリカに到達したのは、それから数十分後のことだった。

謁見の間を後にしたクローネは、その様子を執務室の窓から確認していた。

技術の粋を集めた王族専用艦がそろい踏みした光景は圧巻だ。同時に、それでも押されている今の状況には悲観してしまう。

「………………アイン」

猛威を振るうのは木の根だけ。

暴食の世界樹が生長をするにつれて伸ばした、栄養を吸うための木の根だ。それはアーシェが一掃したとき以上に太く、戦艦の砲撃を受けても怯まないほど堅牢《けんろう》なようだ。

幸いにも戦艦が破壊されそうな様子はまだない。

でも、時間の問題であろうことは想像できてしまう。

「もっと近くで………………っ！」

クローネは頬《ほお》を強く叩《たた》いてから執務室を出た。

外では騎士や給仕たちが慌ただしく動いている。彼女はその横を早歩きで進んでいき、城の裏手にあるバルコニーを目指した。

数分と経《た》たずに到着すると、入り口には既に多くの近衛《このえ》騎士たちが居た。彼らはこの先に居るシルヴァードの護衛として控えている、とクローネは予想した。

「クローネ様。外は危険でございます」

「知っています。それで、陛下はどちらに？」

「ッ――――さすが、お分かりでしたか」

「勿論《もちろん》です。私も陛下と同じで、皆の様子が気になっているんですから」

近衛騎士はそれ以上止めようとはしなかった。

実際、暴食の世界樹の猛威が城に届いてしまったら、中に居ようが外に居ようが変わらない。それを言うならロイドに命令を下した時点で遠くに逃げておくべきだったから。

それに、目の前のクローネの目を見て、止められないと悟ったのもある。

「来たのか」

扉を抜けた先でシルヴァードが振り向かずに言う。

夜ではあったが、暴食の世界樹が放つ煌めきと戦艦群の灯《あか》りで海上の様子が分かりやすい。

「こんなときこそ、眠っている馬鹿娘に意見を聞きたかったものだ」

「ふふっ、仰《おっしゃ》る通り、カティマ様が居れば頼もしかったですね」

「まったくだ。どう説教してやるべきか、今から考えておかねばならんな。……それにしても、クローネは逃げてもよかったのだぞ？」

「恐れながら、先にお逃げになるべきは陛下かと思いますが、いかがでしょうか」

真理を突かれたシルヴァードは「むぅ」と怯んだ。

「いずれにせよ結果は変わらん。あの木の根が戦艦を越えて城まで届くのであれば、どこまで逃げても同じことよ」

「そうですね。もっと早く逃げていても、結果は変わらなかったでしょうし」

そう言って隣にやってきたクローネの横顔は、やはり凛《りん》としていた。

星空の灯りを反射する双眸《そうぼう》は真っすぐ沖合を見つめていて、芯《しん》の通った立ち姿は一枚の聖画のようだった。

「――――私にもできることがあれば、ミスティ様たちと一緒に海を渡れましたのに」

「うむ。余とて同じことよ」

「ふふっ、陛下ったら。私はいいとしても、陛下が行けるわけがないではありませんか」

「であろうなぁ………。余としてはクローネを向かわせることも憚《はばか》られるがな」

「いいえ、私は平気ですよ」

クローネは気丈に微笑《ほほえ》んで言葉をつづける。

「アインが居ないのなら、私にはそう大きな価値はございません」

「馬鹿を申すな。今のお主を失うことは、イシュタリカにとって大きな損害であるぞ」

「そう言っていただけるのは光栄に存じます。でも、私にはアインが居ない世界なんて考えられませんよ」

隣に立つシルヴァードを見上げた。

ころん、と小首を傾《かし》げて申し訳なさそうに言った表情には気丈さが残るも、手すりに置かれた指先は極僅《わず》かに震えている。

何もできないことへの悔しさと、一瞬でも考えてしまったアインが居ない世界への恐怖だろう。

そう見て取ったシルヴァードは優しく口を開いた。

「では、アインには一日も早く帰ってきてもらわねばなるまい」


――――話をしている間にも暴食の世界樹は更に木の根を伸ばす。

イシュタリカが誇る海上戦力が勢ぞろいしているというのに、対処しきれていなかったのだ。

「…………アーシェ様方が負けたわけではないはずだ」

「はい。負けておいでなら、木の根はもうイシュタリカを包み込んでいたことでしょう」

ならば限りなく敗北が近い苦戦を強いられている、と二人は推測した。

覚醒《かくせい》した魔王が、剣の王が、エルダーリッチが力を合わせても駄目な存在と思うと、自分たちの無力さを再確認してしまう。


不意に、城の裏手の海がひときわ大きくうねった。

「中に戻らねばならんか」

さっきはああ言ったが、さすがにこのまま残ることもどうかと思った。

シルヴァードは強く言ったが、クローネは動こうとしない。無理やりにでも連れて行こうと腕に手を伸ばしたところで、二人は手すりの傍《そば》から飛びしさった。

「なっ――――これはッ⁉」

「陛下⁉」

「急いで離れるのだッ！　城の中へ退避するッ！」

まさか、もう？

裏手の海から姿を見せた幾本もの木の根が、バルコニーの手すりを砕いて崩落させたのだ。

慌てて逃げようとするも、行く手を阻むように木の根からツタが生じ、人間大の花が咲く。まるでバラのような花だった。

『イヒッ――――』

花の中心には獰猛《どうもう》な獣を思わせる口があり、鋭利な牙《きば》が粘着質な液体を滴らせる。

「お二人ともッ！　お逃げくださいッ！」

「急いでッ！　早くッ！」

「ここは我らにお任せをッ！」

なだれ込んだ近衛騎士たちが剣を持って立ち向かうも、他の木の根が横に動くだけで薙《な》ぎ払《はら》われた。無力さを叩きこまれた近衛騎士たちはそれでもめげず立ち上がろうと試みたが、ツタに手足を縛られ身動きが取れない。

そうしているうちにクローネはツタに手足を縛られ宙に浮かべられ、シルヴァードも地べたに這《は》い蹲《つくば》るように拘束された。

「っ………ぅ………」

「待てッ！　その者に手を出すなッ！」

クローネは涙一つ流すことはなく、俯《うつむ》くと祈るように瞳《ひとみ》を閉じる。

そのすぐ下では、シルヴァードが全身に力を込めてクローネを助けようと試みていた。だが、ツタは少しも動くことなく皆を拘束しつづける。

体液を滴らせた牙はゆっくりとクローネに近づいていき、耳障りな喜びの声をあげる。

『エヒヒッ、ハハァッ――――』

「ぬぐぉおお……ッ」

『ウフフフッ、ウェヘヘヘッ』

唸《うな》るシルヴァードの視線の先で、クローネが食いちぎられそうになった刹那《せつな》。

「なんだこの光はッ⁉」

「ク、クローネ様からだッ！」

クローネの胸元で、何かが光った。

その光を受けてツタも木の根も、花も怯《ひる》んだ。驚き瞠目《どうもく》するクローネの手に自由が戻り、胸元で光ったモノに手を伸ばす余裕がうまれる。

「お守りが……？」

伸ばした手の先にあったのは革袋。ミスティから貰《もら》ったお守りだ。

お守りを両手に持つと、結び目の隙間《すきま》から眩《まばゆ》く蒼《あお》い光を放ちだす。

更に怯んだ木の根やツタはシルヴァードや騎士に自由をもたらし、クローネを救わんと立ち上がらせた。

しかし、怯んだとはいえ相手は暴食の世界樹だ。

クローネまでの道は遮られ、剣を振っても歯が立たない。


そこへ――――。

開いていた扉から何かが飛翔《ひしょう》した。

トンッ、と音を立て、木の根やツタに何か突き刺さる。

「――――間に合ってよかった」

聞こえてきた涼しげな女性の声には覚えがある。

どうしてここへ？　疑問に思うクローネは答えを得られぬまま身体《からだ》の自由を得て、かろうじて残されていた床に倒れ込む。

その身体を支えるべく隣に足を運んだ者は――――。

「シエラ、さん？」

短めの銀髪のエルフ、クリスの幼馴染《おさななじみ》であるシエラだったのだ。

「ど、どうして王都にいらっしゃるのですか⁉」

「長《おさ》の命により参った次第です。我らエルフが持つ古い知恵をお貸しできないかと思い足を運んだのですが――――どうやら、来て正解だったようですね」

「来てくれて助かったッ！　シエラよッ！　急ぎクローネをこちらへッ！」

「どうかご安心ください。陛下。もう心配は無用です」

彼女の手元には彫刻が施された銀色のナイフが何本か握られていて、同じものが、周囲のツタや

木の根に突き刺さっていた。

「古い呪《まじな》いが施されたナイフです。聖域の魔力が宿っておりますから、悪《あ》しき存在には特に力を示すのです」

この場を襲った木の根らはもう、動く様子がない。

半壊したバルコニーに横たわるようにして纏《まと》わりつき、ただの植物と化していた。

「余たちは、お主の力に助けられたのだな」

シルヴァードが感謝の言葉を述べようとするが。

「――――いいえ。正確にはそうではないようです」

「む？　ではどうしてなのだ？」

「まだ確証は得ておりませんが、恐らく、クローネ様がお持ちの品のおかげでしょう」

「私の……ですか？」

「はい。詳しくは場所を変えて、ゆっくりと」

こうして、クローネはシエラの手を借りて立ち上がる。僅かに足をひねっていたようで痛みがこみ上げたが、そんなことはどうでもよかった。

「痛ッ――――」

なぜならば、それを気にする余裕がないほど、強烈な頭痛に苛《さいな》まれてしまったから。

手を借りて立ったばかりなのに、思わず両手で頭部を抱えてしまう。

………クローネ様ッ！

………どうしたのだッ！　クローネよッ！

シエラとシルヴァードが心配する声が届くが、どこか遠くから語り掛けられたように、聞こえ辛《づら》かった。

やがて、代わりに誰か別の者の声が彼女の耳に届く。

するとほぼ同時に、強烈な頭痛も治まっていった。

◇◇◇

目を開けると、そこは不思議なことにバルコニーではなかった。場所は………少し違いはあったが、シルヴァードの部屋のようだ。

クローネはその部屋の片隅に居て、じっと佇《たたず》んでいる。

身体を動かそうと思っても動かせないし、辺りを見渡そうとしてもできなかった。

けど、落ち着いてみると一組の男女が居ることに気が付く。

ベッドの上で上半身だけを起こした男性と、寄り添う女性の姿に気が付いたのだ。

『寝すぎて身体が重いんだよね。外に出て剣を振って来てもいい？』

『許可してほしかったら、来月はあなたも民に声を掛けるのよ』

一瞬、アインが話しているのかと思った。そして返事をした女性の声が自分と酷似していたせいもあってか驚愕《きょうがく》した。

――――ただ、ベッドの天蓋《てんがい》のせいで、二人の顔立ちは窺《うかが》えない。

『来月…………来月かー…………』

『もう、なんで迷うのよ！』

『――――ごめん。あと一か月は持たないと思う』

男性は仕方なさそうに、傍に居る女性の頭を撫《な》でながら告げた。女性は男性の胸板に顔を埋《うず》め、涙を零《こぼ》し身体を震わせているように見える。

『…………もう、どうしようもないの？』

『ああ、どうしようもないんだ』

『ッ……私が……私たちが、あなたを一人で戦わせたから――――ッ』

『違うよ。俺が戦うべきだったたってだけなんだ』

女性は泣きはらした顔を上げて、彼に「何かしたいことは？」と尋ねた。

すると、彼は少しの間考えてから笑って言う。

『最期は故郷で眠りたい』

彼は女性にそう告げると、女性は何も言わずに頷《うなず》いた。

◇◇◇

「クローネ様ッ！」

「え……今のは……？」

気が付くと、クローネは城の一室にあるベッドに寝かされていた。

頭痛が戻ってくることもなく、木の根やツタが猛威を振るっていることもない。傍らで見守ってくれていたシエラの手を借りて身体を起こし窓の外を見ると、戦艦こそあるものの、海原はいつの間にか普段の静けさを取り戻していた。

「無事で何よりだ……肝を冷やしたぞ」

シルヴァードもすぐ傍に立っていて、心底安堵《あんど》した様子で息を漏らした。

「ええ。本当によかったです」

「お二人とも、私はいったい……？」

「お主はおよそ半刻《はんとき》にわたって気を失っておったのだ」

「……申し訳ありま――――そ、そうだ！　革袋はどちらですか⁉」

お守りが手元になかったことに気が付いて、慌てて声をあげた。

すると、シエラがベッド横のテーブルを指し示す。

「こちらにございますよ。ご安心ください」

お守りは木製のトレイの上に置かれていた。

クローネはすぐに手を伸ばすと、革袋を両手で握りしめる。それを見て、シルヴァードとシエラが目配せを交わした。

「失礼ながら、そちらの中身を拝見致しました」

「構いませんよ。こちらはミスティ様――――とあるお方から頂戴《ちょうだい》したお守りなのです。……ですが、私も何の魔石が入っているのかは聞いておりません」

「ミスティ様と言われますと……」

シエラはその存在を知らないはず。だからクローネはとあるお方と言い直していた。

しかし、その気遣いが無用であったことをすぐに知らされる。

「先ほど余が教えたお方で相違ないぞ。初代陛下のお母君であらせられる、エルダーリッチのミスティ様だ」

シルヴァード曰《いわ》く、シエラにはアインの暴走なども含めた状況を説明済みであるとのこと。

「シエラさんにお話ししてもよろしかったのですか？」

「話さねばならぬ事情があるのだ。というのも、そのお守りというのが――」

「陛下。そこから先は私からご説明致しましょう」

そう言って、シエラはベッドの横に小さな丸椅子を置いて腰を下ろす。

「そちらの革袋に入っていたのは、古くからシス・ミルにあった魔石なのです。といっても、長の部屋にあったもので、存在を知るのは長と私だけなのですが」

「それは………貴重な魔石なのですね」

「恐らくは。でも、実は私も何の魔石かは存じ上げません。長からは、私に代替わりするときに告げると言われておりました」

「……それをどうしてミスティ様が……」

「はい。私も不思議に思っておりました」

「話を聞いた余も同じく疑問を抱いた。あのミスティ様が盗みを働くとも思えぬし、エルフの長がそれほど大切な魔石を無くすとも思えぬからな」

「それで、私と陛下はある結論に至ったのです」

シエラが確信めいた声色で告げる。


「私が知らぬ間に、長が王太子殿下にお渡しになった、と」

そう告げられたクローネはすぐに思い返した。

ミスティたちを見送る前、彼女と出会いお守りと言われて渡された際のことだ。確かミスティはあのとき。

『新しいお守りよ。コレはここに来る前にアイン君の部屋で――――っとと、何でもないわ』

こう口にしていた。

仮にエルフの長がこの魔石をアインに渡していたとして、それをミスティがアインの部屋から拝借したと予想すると、これ以上ないほどしっくりきた。

「そして、王太子殿下の暴走を抑えられたのは、その魔石によるものです」

それも少し想像できていた。

シエラが駆けつけて間もなく、木の根やツタを抑えられたのは、クローネが持っている物の影響だろうと言っていたから。

「大切なことを私に告げていなかった長への不満はおいておきましょう。幸い、その魔石があれば王太子殿下の暴走を抑えることができるようですので、些細《ささい》なことです」

しかし、と、シエラは僅《わず》かに訝《いぶか》しむように声色を変える。

「この魔石は聖域を漂う魔力をしみこませた特別な絹で覆われていたのです。あれがなければ、手にした者の身体《からだ》を強く蝕《むしば》む力を秘めていたからです。ですが、クローネ様が触れても問題ないご様子。私はそれが気になっておりました」

「この革袋はミスティ様がお造りになったからだと思いますよ」

面前のシエラが首を横に振った。

「その革袋には一つも細工が施されておりません。よく鞣《なめ》されてはおりますが、言うなればそれだけの革袋でございます」

「――――え？」

「余もシエラもその革袋に触れられなんだ。触れようと試みただけで気分が悪くなってしまった」

「そうなのです。勿論《もちろん》、私が連れてきた戦士に加え、城の騎士にも試していただきましたが、一人たりとも触れられなかったのです」

「うむ。マジョリカに専用の魔道具を借りてようやく運べたほどだ。もっとも、それでも魔道具に限界が来て破損してしまったのだが」

それほどの魔石を、クローネはどうやって懐にしまい込んでいたのか。

彼女は今も両手で握っているが、二人から見れば気が気でない。ケロッとしているクローネを見ていると、疑問は深まるばかりだった。

でも、その疑問の中にも一つの答えがある。

さっき、シエラは『暴走を抑えられた』と口にした。そしてその力を使えるのは、ここに居るクローネだけ。

……もしかしたら、私にもアインのためにできることがあるのかもしれない。

心の中に、まだ小さくて弱々しい。

でも、確かな希望が芽生えはじめたことにより、クローネの胸がトクン、と大きく揺れたのだった。

古い記憶と、黒髪の魔王

燃え盛る旧王都で何かできないかと探っていたアインは足を止めた。前触れのない強烈な頭痛に襲われて膝《ひざ》をついたのだ。

「ぐぁっ……あぁ……っ……」

両手を頭に添えて横たわり、絶え間なくつづく痛みに喘《あえ》ぐ。

召喚した三人が敗北を喫したのかと思ったが、その痛みは思いのほか早く引いていった。それから警戒しつつ立ち上がると、辺りの景色《けしき》が一変する。


――――そこは家具や絨毯《じゅうたん》は違ったが、見慣れた祖父の部屋と同じ造りをしていた。

不思議に思って辺りを見渡すと、ベッドの上で身体を起こした男性の姿に気が付く。近づいてみようと思ったが、歩けない。

アインはこの場において、傍観者として部屋の傍らで佇むことしか許されていなかった。

『最期は故郷で眠りたい』

アインとよく似た声が男性の口から発せられた。ただ、ベッドの天蓋のせいで顔立ちは窺えない。

他に分かったのは、ベッドの横に座る女性の存在だった。どうやらあの男性は、その女性に語り掛けていたようだ。

『その前にやっておかないといけないことがある』

『また、戦うの？』

『違うよ。俺は遺《のこ》しておかないといけないんだ』

彼はそう言って立ち上がり、アインから見て部屋の奥の窓辺へ向かっていく。

『二週間ぐらい、城を空けさせてほしい』

『…………酷なことを言うのね。さっき、もう一か月は持たないって言ったじゃない。私からその時間を半分も奪うと言うの？』

『怒る？』

『私が死ぬまで一緒に居てくれたら怒らないわ』

『あー…………素直に怒られておかないと駄目ってことか』

冗談交じりの態度で言うが、女性は座ったまま身体を震わせていた。

吐息にも、嗚咽《おえつ》が混じっているような気がする。

『俺たちの子供のためにも、許してほしい』

『――――ずるいのね、ジェイル』

女性は――――初代王妃ラビオラは震えた声で言った。

◇　◇　◇

視界が暗転し、景色が変わった。

そこは森の中で、アインには見覚えのある植物が辺りを取り囲んでいた。

(シス・ミルにつづく道、なのか)

辺りを見渡しながら気が付いたアインは、もう一つ、先ほどとは違うことに気が付く。動かなかったはずの足が動いたのだ。

が、自分の意思で動けることに喜んだのもつかの間。

すぐに背後から聞こえだした木の葉や枝を踏みしめる音に、アインは慌てて振り向いた。

『………もうすぐか』

数歩後ろを歩いていたのはジェイルだった。

彼は一人で、自慢の剣を杖《つえ》にして息を切らしながら歩いていた。すぐにアインの隣を横切って行ってしまったのを見て、アインは何も言わずに後を追った。

『止まれ』

『何人《なんぴと》たりとも我らの森へは――――』

光る果実を実らせる太陽樹のさらに奥へ進んだところで、木の裏からエルフの戦士が姿を見せた。

彼らは最初こそ警戒していたが、来訪者がジェイルと知り慌てた。

『驚かせてすまない。あの子は居るかな？』

『どうぞこちらへ！　長《おさ》でしたら奥に！』

ジェイルは戦士の肩を借りて更に進んでいく。

しばらく歩くと、エルフたちの家々が立ち並ぶ場所へたどり着いたのだが、アインが知るシス・ミルに比べて建物は少なく、あっても簡素なものばかりだった。

それでも、エルフの長が住まう大きな切り株は変わらず鎮座している。中に入ると見慣れた造りがつづいていた。

『ッ――――陛下⁉　どうしてここに⁉』

屋敷の中でジェイルを迎えたエルフの長は、驚愕《きょうがく》に顔を染め上げる。彼女の顔立ちはアインが知るよりも若々しく、二十代と言われても違和感のない姿をしていた。

『急に来て悪いんだけど、十日ぐらい泊まらせてほしい』

大戦が終わり、王都に居たはずの存在がどうして急に。

疑問を抱いた長はジェイルの身体《からだ》を見て目を伏せた。

森にすむエルフは人の機微に鋭い。特に長はそれが顕著だ。ジェイルの体調を一目で理解して、ラビオラ妃と同じく身体を震わせた。

彼女は顔を上げないまま、屋敷の奥へジェイルを手招く。

だけど、ジェイルはそれを固辞して屋敷の裏手を指さした。

『この屋敷に泊まらせてほしい、ってわけじゃないんだ。やらなきゃいけないことがあるから、俺はあっちの方に行ってくる』

『――――お供致します』

『大丈夫だよ。俺一人で何とかなると思う』

『ですが、今の陛下をお一人にするなんてッ！』

『俺の身体のことは俺が一番分かってる。大丈夫。まだ何とかなるからさ』

『そのようなことを仰《おっしゃ》らないでくださいッ！　まだ御身が助かる術《すべ》があるかもしれませんッ！』

ジェイルは困ったように笑い、口を閉じてしまった。

縋《すが》るように言い、今にも泣き出してしまいそうなエルフの長は気丈にも耐えきった。俯《うつむ》いてしまったが、その彼女の頭をぽん、ぽんと撫《な》でたジェイルが背を向ける。

『最近は運動不足だったし、ちょうどいいさ』

『戦争は終わったのですから、運動不足なぐらいでちょうどいいのです。……ところで、お付きの方はいらっしゃらないのですか？』

『ここには内緒で来てるから、王都を発《た》ったのは俺だけだよ』

『どうしてそのようなことを――――ッ⁉』

『俺が死ぬことはギリギリまで秘匿しておかないといけない。でないと、せっかく落ち着きはじめた国が揺れてしまう』

エルフの長は死という単語を耳にして、遂《つい》に悲痛な声を漏らしてしまう。

一方でジェイルは口に出さなければよかったと後悔して、申し訳なさそうな声で言う。

『そろそろ行ってくるよ。日が暮れる頃《ころ》には帰ってくる』

『………どうか、ご自愛くださいませ』

『ああ、ありがとう』

別れたジェイルは来た時と同じように一人で歩き出し、屋敷の裏手へ歩いていく。この辺りの道は森の中に比べて比較的歩きやすいからか、ジェイルの頬《ほお》にもうっすらと笑みが浮かんでいた。

少ししてジェイルは聖域を周囲と隔てる壁の前に立ち、ゆっくり中に入っていった。この、資格のある者以外の侵入を阻む透明な壁も、聖域を作ったジェイル自身によるものだ。アインもその後を追い中に入ると、聖域の中はやはり色がない。

聖域の周囲に立ち込めていた霧を抜けると、二つに割れた大岩――――翠聖石《すいせいせき》が見えてきた。頂上には、祠《ほこら》が鎮座している。

(祠がまだ真新しい)

聞いたところによれば、この祠が造られたのは大戦以前であるとのこと。

当時のシス・ミル周辺は多くの魔物が跋扈《ばっこ》する地域で、多くの異人が脅威に悩まされていた。それを解決すべく、ジェイルがエルフの長と共に造り上げたのが祠である――――と、エルフの長から聞いたことを覚えている。

『あー……しんど』

ふと、ジェイルが勢いよく大の字に倒れ込んだ。

翠聖石に向かう橋の手前で、滝の音を聞きながら目を伏せる。長旅の疲れを少しでも癒《いや》そうとしているようだ。

だが、彼に心休まる時間は訪れなかった。

『あーっ！　こんなとこで寝てるーっ！』

『変なのーっ！』

声を聞いて唖然《あぜん》としたアインは慌てて声がした方角を見た。

ふわふわ、と飛ぶ二つの光球がジェイルの方に飛んでいった。

『久しぶり』

『うん！』

『どうしてここに来たのー？　お姉ちゃんと同じで暇だったのー？』

『用事があってきたんだよ』

『ふぅん……用事があるのに寝るなんて変なのーっ！』

『でも疲れてるみたい！　ちょっとだけ元気にしてあげるねーっ！』

間違いない。木霊《こだま》だ。

聖域に向かうアインも出会った木霊が急に現れて、軽い調子でジェイルと接していた。

元気にしてあげると言ってすぐ、彼女たちは羽を揺らして、光る砂のような鱗粉《りんぷん》をジェイルに降らせた。それを浴びたジェイルの表情は幾分か活力を取り戻したように見える。

（し、知り合いだったの!?）

ジェイルと木霊の間に友誼《ゆうぎ》があった事実に驚いたせいで、アインは不思議な鱗粉の効果に驚くことを忘れてしまう。

――――そうして驚いている間にも、三人は関係なしに言葉を交わす。

『今の、もっとくれたりしない？』

『だめー！』

『これで全部なんだよ！　後でまた分けてあげる！』

『そりゃ助かる。――――さて。それじゃ、二人も一緒に行く？』

ジェイルの提案に木霊の姉妹はあっさり頷《うなず》いた。

二人は立ち上がったジェイルの周りを楽しそうに飛んで、共に橋を渡っていく。驚いていたアインも慌てて歩き出して三人の後を追った。

三人が最上層に位置する祠の入り口の前に到着すると、ジェイルはアインとクリスがしたように封印を解除することなく、扉の前に立つだけですんなり開けてしまった。

あっさりと祠の中に足を踏み入れると、そこはアインが知る姿のままだった。

『ねぇねぇ！　なんで絵を飾ってるの？』

『飾りっ気がないのも寂しいしね。この下には英霊たちが眠っているから、彼らのためにもイシュタリカの景色《けしき》を飾ったって感じ』

『へぇー、優しいんだねっ！』

三人は会話を交えながら散歩するように階段を下っていった。

いくつもの絵画が飾られた階段を抜け、最下層へ向かうための部屋を進んでいくその足は、アインとクリスの二人が苦労した仕掛けを前にしても決して止まらなかった。

祠を造った張本人なのだから、当然と言えば当然だった。

ジェイルはあっという間に最深部へつづく扉の前に立った。

残る扉は一つだけ。木霊と共に歩くジェイルは、大霊廟《れいびょう》へつづく天空の道を進みだす。

『ここはイシュタリカを見渡せる。造られた景色とは言えいい所だよ』

『きれいだねー！』

『すっごい高いよ！　すっごいすっごい！』

……俺も行かないと。

この光景を見せられていることの意味は分からないが、ここでジェイルが何をするのかアインは強く興味があった。

けれど――――進めない。

動けなかった理由は、アインの肩に置かれた手が動くことを妨げていたからだ。


「満足したかい？」


背後には、燃え盛る旧王都で出会い、三人が来たからと言って立ち去った男が居た。

「俺が満足してるように見えるか」

「いいや、見えないな」

「…………それで、どうして俺にこんな景色を見せたんだ」

「見せたのは私じゃない。君が勝手に彼の記憶を見ていただけさ」

「どうしてそれを止めに来たんだ」

「予定が変わってね。私は外で戦えなくなった」

「なんだ。皆に負けたのか」

「ああ、残念なことに抑え込まれてしまったよ。さすがの私も生まれて間もないとあって、外に居る彼らを同時に相手取るのは難しかったんだ。…………やれやれ。君が私と一つになっていてくれたら、片手間に勝つことだってできたろうに」

「俺にそのつもりがないんだから、仕方ないだろ」

眉《まゆ》を吊り上《あ》げて言ったアインを見ながらも、男は話を本筋に戻す。

「だけどね、予定が変わったって言ったろう」

「…………俺の意識を強引に奪いに来たのか」

「そうさ。これ以上待つことができなくなってしまってね」

「分からないな。どうしてこれまでそうしなかったのか不思議だ」

「しようと思わなかったこともないが、残念なことに君の意思が強くてどうにもね。けれど、一刻も早く一つになる必要が生じてしまった。私が消耗しているし、なりふり構っていられなくなってしまった」

すると、男の表情が消沈していく。


「残念だよ」


アインの肩に乗せられたままの男の手に、膂力《りょりょく》が込められる。

抵抗はできなかった。

思う以上に身体《からだ》に力が入らなくて、込められた力にされるがまま、身体がこの道の下に広がるかりそめの大陸イシュタルの空へ投げ出される。

「私に刃《やいば》を向けた者たちが憎くてたまらないな。――――悲しいよ。君のことは私自身の手で終わらせたかったのに、私はまだ、君と戦えるようになるまで回復していないんだ」

そう言って、男は姿を消した。

頬《ほお》に吹き付ける風が落下の勢いを知らせて止《や》まない。

いずれ、アインの身体は海原か大地に投げ出されるのだろう。これほどの高さだ。苦痛を強いられることは言わずもがな。身体は頑丈だって自負してたが、さすがに、この高さから落ちることは想定していない。

スキルを使ってどうにか着地できないかと思ったのだが――――。

「………使えない？」

幻想の手はおろか、濃霧に至るすべてのスキルが使えなかった。

できたことと言えば木の根を出すことのみとあって、最悪な状況すぎて笑いが込み上げてきた。

「俺の力の大部分が、もうあいつのモノになってるってことか――――ッ！」


やがて、どこかに激しく叩《たた》きつけられることを警戒したアインの身体に奔《はし》ったのは、思っていたより弱すぎる衝撃だった。驚くより先に、アインは全身に駆け巡る海水の冷たさと、口の中に入り込んだ潮の味を感じながら、急いで海面へ浮上していく。

「ッ――――ぷはぁっ!?」

口に含んでいた塩水を吐き出しながら辺りを見渡すと、落下したのがイシュタリカ王都の港から少し離れた海の上であることが分かった。そして、王都が過去の王都ではなく、アインが過ごした現代の王都であることも確認できる。

………これから、どうすればいい。

周囲を警戒しつつ王都を見ていると、思わず目頭が熱くなってきた。

久しぶりの景色に感動している場合じゃないことは分かっているが、愛する王都を前にそうならないのは無理だった。

けれど、そのアインも背後に視線を移したときに一驚する。

「リヴァイアサン⁉」

十数秒も泳げばたどり着くほど近くに、自分の戦艦が鎮座していた。

落下する際には確認できなかったが、いつの間にここにあったのだろう？……いずれにせよ、ここで考えているのもなんだ。アインは泳いでリヴァイアサンに近づき、横っ腹から木の根を生み出してよじ登っていく。

………それにしても、どうして木の根は出せるんだ。

吸収したものではない、生まれ持った力は別なのかもしれない。あくまでも、アインという存在と同一の力は奪われていないと思うと、案外しっくりくる気がした。

「急ごう」

一つ納得したところで身体を急がせる。

海龍の鱗《うろこ》を加工して作られた体躯《たいく》を進んで、甲板を過ぎ、流線型の屋根の上へ向かった。アインはここでようやく腰を下ろし、水を吸って重くなった服を絞って軽くする。この時になって、腰に黒剣を携えていたことを知った。

更に、息を切らしながら空を見上げると、雲が少しも動いていないことに気が付いた。

造られた景色、とジェイルが言っていたようにこの世界も偽物なのだろうが、少し寂しくなってしまう。

…………それにしても、静かだ。

あの男の言葉を信じるなら、これからアインを殺しにかかるはず。

だったら何もせず惚《ほう》けているのは愚の骨頂。こう考えていたところで、ついに世界が動きはじめた。

――――ザァァっ、と。

遠くの海が揺れ、泡が二か所から沸き立つ。

静かだったはずの海原が突然、変貌《へんぼう》していく。

「…………」

アインは黒剣を抜き、腰を低くして構えた。

双眸《そうぼう》を凝らして海を見ると、いくつかの箇所に渦が生じ、不規則な海流が辺り一帯の海域を占領していく。

まさか…………。

アインの胸が不快に鳴った。

その刹那《せつな》、遠くの海面が膨らみ、隆起し――――爆《は》ぜて海水を舞い上げた。


『アァアアアァァアアアアアアアアアアアアアア――――ッ』


海の王の声が空を揺らし、その振動がアインの頬に押し寄せる。

しかも、二頭。

遅れて現れた二頭目が一頭目の傍《そば》から現れて、港の近くにあるリヴァイアサンを、その上に乗るアインを睥睨《へいげい》した。

『私に刃を向けた者たちが憎くてたまらないな。――――悲しいよ。君のことは私自身の手で終わらせたかったのに、私はまだ、君と戦えるようになるまで回復していないんだ』

なるほど、俺から奪った力で俺を殺すのか。

でも――――。

「それで俺が諦《あきら》めると思ったのか」

何の力もなくて、今よりもっと絶望的だったら心が折れそうになっていただろうが、生まれ持った力を使えることは分かっている。

木の根を出せるということは、毒素分解ＥＸや吸収だって使えるはずだ。

『アァァァアアアアア――――ッ！』

二頭の海龍が海を駆けた。

一直線にアイン目掛けて。

大丈夫。怖くない。

あの時のように、クリスを助けた時のように戦えばいいだけだ。

成長したこの体躯なら、当時よりもっと上手《うま》くやれる。

心を強く持ったアインが海龍を受け止めようと待ち構えると、不意に海原に真っ白な風が漂いだす。

「────海龍が来た時点で、こうなるだろうなって思ってたよ」

突然の寒さに息が白く染まった。

響き渡ってくる地響き。寒さが増す一方なことを受けて、最悪の状況が容易に想像できてしまった。

海面が凍り付いていく。

王都の方から何かが飛び跳ねて、リヴァイアサンの頭上に飛んで影を作った。

そして、届く。

────氷原の王の咆哮《ほうこう》が。

『ギィイイアアアアアア────ッ！』

空中で剛腕が振り上げられた。ウパシカムイはそのまま、重力に従いリヴァイアサンへ近づいて来る。

一方で海龍たちも、凍り付いた海原を容易に砕きながら、アインの面前へ迫りつつあった。

彼女にしかできないこと

昼食を楽しむには遅く、かといって夕食にするにはまだ早い夕方。

急な来訪だというのに、オリビアはいつものように朗笑を浮かべてクローネを迎えた。

オリビアは開口一番謝罪した。それはクローネがカティマと共に叡智《えいち》ノ塔に行くことになった件についてだったが、クローネは首を横に振って言う。

「私が行きたくて行ったんです。オリビア様がご命令なさったわけではありません」

「…………ですが、私は力になれませんでした。言うだけ言って、すべてクローネさんたちに任せてしまったんです」

「いいえ。私たちはオリビア様のおかげで行動できたのです。だからそう仰《おつしや》らないでください」

話はどこまでも平行線を辿《たど》ると悟った二人はそれ以上を口にしなかった。

「お傍《そば》に行ってもよろしいですか？」

クローネはソファに座るオリビアに尋ねた。

返事は当然「勿論《もちろん》です」の一言だ。

でも珍しい。いつもなら対面に座るはずのクローネが、今日はどうしてか隣に座った。

「オリビア様――」

そのクローネは急にオリビアに抱き着いた。

こんなこと、今までしたことがない。なのにオリビアは呆気《あっけ》にとられることも驚くこともなく、クローネの背に手をまわして抱き寄せる。

「クローネさんが甘えてくれるなんてはじめてですね」

「………すみません。少しだけ、あとちょっとだけでいいんです」

「構いませんよ。いつまでも、クローネさんが好きなだけこうしていて大丈夫ですよ」

穏やかさと柔らかさ。そして花の香りに包み込まれる。

「昔、はじめて社交界でオリビア様とお会いした時には、これほど近くに居させていただけるなんて思いもしませんでした」

「クローネさんはあの時から素敵な女の子でしたね。少し緊張していたお顔も覚えてますよ」

「もう……言わないでください。私、あれでもちゃんと振舞えていると思ってたんですから」

「ふふっ。可愛《かわい》らしかったですよ」

前置きもなく過去の思い出を愛《め》でると、やっぱり――この安らぎも、絶対に手放したくない、という強い思いを抱かせられる。

「私、ずっとオリビア様に甘えてみたかったんです」

「あらあら、いつだって甘えてくださっていいのに。これからだって、好きなときにいらしていいんですよ」

「……………ありがとうございます。すごく、嬉《うれ》しいです」

言葉に翳《かげ》りを孕《はら》んだのは、そのこれからを迎えられる保証がないから。

「絶対に……絶対に失いたくないんです」

今一度、この安らぎを手放したくないという想《おも》いを強く抱き、さっきと違い言葉に出して呟《つぶや》いた。

「うん？　何か言いましたか？」

「はい。毎日甘えてしまわないように気を付けないと、って」

あと数秒でもこうしていると離れられなくなりそうだった。だからクローネは嘘《うそ》の言葉を口にして間もなく、オリビアの傍を離れて立ち上がる。

「もういいのですか？」

「名残惜しいですよ。でも、離れられなくなっちゃいそうなので、我慢しなきゃって」

「ダメですよ。そんな可愛い言葉を言われちゃうと、木の根を出して逃げられないようにしちゃいたくなっちゃいます」

「ふふっ。脳まで溶かされてしまいそうです」

すると、クローネは優雅なカーテシーを披露して。

「残念ですが、そろそろ仕事に戻らないといけません。急な来訪だったのに、お時間をくださってありがとうございました」

「いえいえ。またいつでも来てくださいね」

最後にオリビアと笑みを交わし、背を向け部屋を出る。

廊下に出てすぐにクローネは頬《ほお》を歪《ゆが》め、胸にしまった革袋に両手を当てて俯《うつむ》いた。

「…………オリビア様。また顔色が悪くなってた」

オリビアが気丈に振舞っていたから触れなかったが、顔色は以前にも増して悪くなっていたし、体温もいつもと違って低かった。

すべては、彼女がアインと無意識で繋《つな》がっている状況と関わりがあることは言うまでもない。

つまり、状況は依然として芳しくないということ。

「イヤ……」

上半身を両腕で抱いて微《かす》かに震わせる。

想ってしまったのは最悪の末路だ。


――――すると、そこへマーサが慌てた様子で近づいて来る。

「クローネ様ッ！　ハイムの状況について、報告が届いたそうですッ！」

それを聞いて呼吸を整えたクローネは頬を叩《たた》き、気持ちを入れ替える。シルヴァードも謁見《えっけん》の間に向かったと聞き、急ぎ足でこの場を後にした。

◇　◇　◇

シルヴァードにラルア、そしてクローネが謁見の間に集ったのは、ロイドの下にミスティから連絡が届いたからだった。

ロイド曰《いわ》く、光る小鳥がリヴァイアサンの甲板にやってきて、ミスティの声を発して消えたという。

「ハイムに向かわれた皆様のご尽力が実り、アイン様の暴走は収束したとのことです。現在は休眠状態に陥っている、とミスティ様よりご報告を頂戴《ちょうだい》致しました」

「ッ――――アインは助かったのだな⁉」

「勿論でございます！　陛下！」

シルヴァードは立ち上がって喜びを表現すると、同席していたラルアとクローネは互いに身体《からだ》を抱き合って安堵《あんど》した。

だが、ロイドは水を差すように口を開く。

「ですが現状、アイン様の自我を取り戻すための方法が分かっておりません。方法はミスティ様が模索中とのことで、お三方は見張りを兼ねてハイムに残られるとのことであります」

「相分かった。しかし、アインの意思はどうなっているのだ？　ミスティ様は何か言っておられたか？」

「はっ。アイン様は今もたった一人で、心の中で戦われているのではないかと聞きました」

シルヴァードは眉間《みけん》に皺《しわ》を深々とつくり、ロイドに近づく。

「アインの意思と魔王による意思…………か何かがぶつかり合ってるのだな」

「相違ありません」

と、投げかけられた疑問をロイドは肯定した。

「我らにできることは何もないのか？」

「……ミスティ様は、ただ一言待っていてくれと仰っておりました。……聞けば、マルコ殿を交えた四人でも敗北寸前まで追い詰められたとか」

「な、何ということだ……アインはそれほど強くなっているというのか……ッ」

「はっ……。あのアーシェ様も居てこの結果なのです。今のアイン様は、我らでは力になると口にすることもおこがましい存在と相成ったのでしょう」

シルヴァードはロイドの答えに目を覆い黙りこくってしまう。すぐ傍に居たララルアも言葉を失った。

しかし、たった一人だけ。

クローネは意を決して口を開いた。

「私から一つよろしいでしょうか？」

尋ねられたロイドが頷《うなず》いたのを見て言葉をつづける。

「ロイド様はアインが元に戻る確証についてお話しになりませんでした。それはつまり、ミスティ様も保証なさっていなかったということでしょうか」

「……さすがはクローネ殿だ」

分かっていたことだが、心に来る。

はっとした面持ちを浮かべたシルヴァードと違って、クローネは眉《まゆ》一つ動かすことなく冷静に尋ねる。

「どうかロイド様のお考えをお聞かせください。アインが再度暴走する可能性についてはいかがお考えでしょうか。またその際に、アインを討伐しなければならない可能性について、お聞かせくださいませ」

ロイドにしてみれば聞いてほしくなかった質問だ。

実のところ、この問いについての答えは持っている。ミスティの報告の中に、今の問いへの答えがあったからだ。

――――正直、口を噤《つぐ》んでしまいたい内容ではあるのだが。

「ロイド。私と陛下もそれが気になるわ」

だが、ララルアが言ったことにより、口を噤むことは叶《かな》わなくなった。

「意識を取り戻す方法を見つけられなかった場合、あるいは、アイン様が魔王の意思に負けてしまった場合には、今度こそ暴走を抑えることは叶わなくなると聞いております」

言葉を濁すことで精一杯。

ここに先ほどロイドが口にした言葉を合わせると、再度暴走する兆候が見え次第、どのような行動を起こさねばならなくなるのか見えてくる。

「暴走による世界への影響を鑑みるなら、その前に討伐する必要があるのですね」

誰《だれ》もが口にしたくなくて、理解したくなかった言葉をクローネが口にした。

すると、ロイドが遂《つい》に口を噤んだ。

嘘の言葉で否定することはできないし、肯定することもしたくなかったのだ。アインを失うことを。いいや、アインだけではない。もう一人、皆にとって大切な者を失うことになる。

――――そう。オリビアのことだ。

アインを討伐することになれば、根付いているオリビアも命を落とす。この事実を皆が忘れていないからこそ、より一層空気が重苦しくなっていた。

「――――だから、私が傍に行かないと」

さっきクローネが抱いた感情、それはアインのことも、オリビアのことも絶対に失いたくないという強い想いだった。

「陛下」

クローネが毅然《きぜん》とした態度のままで。

「あの四人が揃《そろ》って命を懸け、ようやくアインを止められたのです。次に目を覚ましたとき、さらなる生長を遂げたアインを止められるとは思えません」

と、次は討伐をしなければならない理由を述べた。

「暴走の兆候が現れ次第……いいえ、それでは遅い可能性もあるかもしれません。世界を滅ぼさないためには、それより前にアインの命を奪うか、アインを救うしかないようです」

「では、どうしろと言うのだ」

いつになく、どこか乱暴で投げやりな返事だ。

「────私はあがきます」

あがいてどうする、とは言わない。

シルヴァードもまたクローネの横顔を見て、ロイドと同じく口を噤んだのだ。

「私の大好きな人はいつだってそうでした。彼はどんな理不尽を前にしても諦《あきら》めず、いつも勇敢に立ち向かっていた。────でも、私は彼のようにはなれません」

彼女の顔には悲観した様子は浮かんでいない。

浄《きよ》く、凛然《りんぜん》とした面持ちが猶《なお》も気高かった。

「だから、私はあがくのです。彼ともう一度言葉を交わすためにも、すべてを賭《と》してあがこうと思います」

ひと時の静寂が謁見の間を占領した。

皆は頭の中でクローネの言葉を幾度となく反芻《はんすう》して、数多くの感情を抱く。それは畏敬《いけい》の念であったり、辛《つら》さであったり、勇気であったり――――だが、何よりも大きかったのは、不甲斐《ふがい》なさであった。

「………この歳《とし》になって教えられるとはな」

中でも顕著だったのはシルヴァードだ。

彼は口を閉じていたラルアに言う。

「どんな些細《ささい》なことでもよい。研究者たちから情報を集める。シエラに頼み、エルフの長《おさ》へも連絡を取らせるとしよう」

こう言いながらも歩きはじめたシルヴァードを、ララルアも立ち上がって追いはじめた。

「ちょ、ちょっと陛下……あなた！　落ち着いて！　あー、もうっ！　ロイドッ！　私宛《あて》に報告をまとめて送ってちょうだい！　私はあの人を追うわ！」

慌ただしく立ち去ってしまう二人を見て、呆気にとられながらも立ち上がったロイドがクローネに顔を向ける。

密《ひそ》かに肩をすくませていたが、彼もシルヴァードのように勇気づけられていた。

「お二人に負けてはいられん。私もすぐに報告書を認《したた》め、できることを探して動こうと思うのだが……私の留守中、城内の様子はどうであった？」

城も被害に遭ったことはロイドも知っている。では別のこととなるが、特筆すべき出来事があったかというと……。

「特になかったのであればよいのだが……」

「……いえ。一つだけありました」

思い出したことがある。

未明には伝える余裕がなくて話せなかったが、ロイドがハイムを発《た》ってすぐ、カティマがディルを地下研究室に運んだこと、この件をまだ告げられていない。

「カティマ様の地下研究室に行ってみてください。何があったかは、私の口からお伝えするより見ていただいた方がよいかと思いますので」

「む……よく分からんが、承知した」

いつもなら詳細に説明をするクローネの言葉だからこそ、小首を傾《かし》げてしまう。しかしロイドはすぐに頷き返し、クローネの傍を離れて謁見《えっけん》の間を後にした。

◇　◇　◇

クローネが向かった先はクリスの部屋だ。その部屋にはシエラが居て、ベッドの横に座りクリスのことを見守っていた。

「クリスは昔から頑張り屋だったんですよ」

彼女はクローネの来訪を受けてすぐに口を開いた。

「この子はセレスティーナさん――――お姉さんのようになりたいと言って、いつも後ろを付いて森に行ってました。騎士になると決めたのも、セレスティーナさんが思いついたように言いだされたのがきっかけだったんです」

それまで二人はシス・ミルの外に出ることもなく、近隣の人里や町にしか行ったことがなかったという。

「だからセレスティーナさんが第一王子殿下と消えてからは、しばらく塞《ふさ》ぎ込んでいた……というよりは、寂しくてたまらなかったようです。その後で専属として傍に居た第二王女殿下も嫁がれてしまいましたから、心の拠り所がなくなってしまったのでしょうね」

ルフェイ・フォン・イシュタリカという王族が居たこととは、クローネも知っている。彼はシルヴァードの第一王子で、何事も周囲の者以上に抜きんでた天才だったそうだ。

しかし、その第一王子はセレスティーナと共に【神隠しのダンジョン】と呼ばれる場所で姿を消した。いまだに謎の多き事件だ。

この場に居ないアインはこの情報をマジョリカから聞き、クローネは幼き頃、ウォーレンから出された課題により学んでいる。

「今思えば、あの頃は手紙がしばしば届いていました。もっとも、ある時期を境に届かなくなってしまったんですが」

「もしかして、十年ほど前ですか?」

「ご賢察の通りでございます。私の下に届いた最後の手紙に書いてあったのは、第二王女殿下が王太子殿下を連れてお帰りになったというものでした」

微笑《ほほえ》むシエラを見るだけで、その手紙の内容とやらが喜びにあふれていたことが想像できる。

「シエラ様。クローネ様。失礼致します」

すると、そこへマーサが足を運んで二人分の茶を淹《い》れていく。

ちょうどいい。こう思ったクローネがマーサに尋ねる。

「マーサさんはクリスさんが手紙を書いていた頃のことを覚えていますか？」

「お手紙と言うと――――なるほど。シエラ様へのお手紙のことでございますね。最後にお出しになったのは十年ほど前だと記憶しておりますが」

驚いたシエラが目を見開き、感嘆した様子で言う。

「お、驚きました。一等給仕殿となれば、それほど昔のことも覚えておいでなのですね」

「すべてを覚えているわけではございませんよ。実はその手紙というのが、私も関わっていたから覚えていただけですので」

マーサは茶を淹れ終えたところで語り聞かせる。

――――それはアインが来て間もない頃の、クローネがイシュタリカに渡る少し前の出来事であった。

◇　◇　◇

アインとオリビアが帰ってからというもの、城内が賑《にぎ》やかになったことは皆が確信するところであった。それは給仕が集まり仕事をする部屋からも分かるほどで、窓を開けると、中庭からアインとカティマが何かを企《たくら》み行動に移そうとしている様子を毎日のように見ることができた。

「マーサさんっ！　マーサさんっ！」

比例して、二人が帰る前までめっきり静かになっていたクリスが慌ただしい。

「………クリス様。こちらは騎士の訓練所ではありませんよ？」

「し、知っていますっ！　今日はマーサさんにお願いがあって来たんですよぉっ！」

「どうやらお急ぎの様子ですね。――――貴女《あなた》、この後の仕事は任せますね」

「はい。承知致しました」

マーサは部下の給仕に言いつけて、慌てたクリスを連れて仕事部屋を出た。

「それで、どうなさいましたか？　今日のクリス様は非番だったと聞いておりますが」

するとクリスは言い辛そうに太ももをもぞもぞさせる。当時のクリスは近衛《このえ》騎士団の副団長を務めていたが、それにしては随分と頼りない姿だった。

「その……シエラに手紙を送るのを忘れていたんです」

「シエラ様と言うとクリス様の幼馴染《おさななじみ》でしたか。いずれにせよ、忘れていたのなら早いうちに認めればよろしいのでは？」

「そ、それがですね……アイン様とオリビア様がお帰りになってからというもの、ずーっと送ってなかったので……」

手紙を送るのは必ず週に一度以上。多い時では週に三度というときもあった。

回数は多いが仕方ない。クリスにとって幼馴染との文通が心の支えとなっていたことは、傍で見守ってきたマーサも知っている。

「確かに最近は送られてませんでしたね。しかし、いつもシエラ様からのお返事を楽しみにしていらっしゃったお姿を記憶してますが――――もしかして、喧嘩《けんか》でもなさいましたか？」

「私とシエラはあんまり喧嘩したことありませんよ？　したといっても、私が一方的に怒られてただけですし……」

「なるほど。では別の理由で送りそびれたと」

その答えはすぐに分かった。

「そう言えば、オリビア様とアイン様がいらして以来、城内は活気だっておりますね」

「うぐっ――――」

「やれやれ……忙しい中にも充実感を覚えていらっしゃったのでしょうが、それならそうと、早くお出しになればよろしいでしょうに」

「あの……何度か書き直してるんですが、しっくりくる言葉が思いつかなくて……。とっ、というかシエラは怒ってますかねっ⁉　手紙をちょっと送らなかったぐらいなら怒りませんよね⁉」

ハッと顔を上げたクリスはそれはもう焦っていた。

感情表現に富んだ可愛《かわい》らしい姿で、見ているだけで微笑みが浮かびそうになる。

だけど、それはそれ。これはこれだ。

「怒るかどうかは分かりません。ですが私であれば、定期的に届いていた手紙が届かなければ心配致します」

「…………やっぱりそうなりますか」

「何度も申し上げておりますが、目に見えて消沈なさるぐらい心配なのでしたら、一日も早くお送りしてはどうでしょう」

「分かってはいるんですが……何を書けばいいか分からなくて」

「以前のように書かれるのでは駄目なのですか？」

「は、恥ずかしいんですが、前はどう書いていたかっていうのを忘れちゃったんです……っ！」

そう言って両手で頬《ほお》を覆ったクリスがしゃがみ込んでしまう。

傍でクリスを見下ろすマーサは呆《あき》れ――――ることはなかったけど、乾いた笑みを浮かべた。

「近衛騎士団副団長殿？」

「あうっ……!?」

「失礼。兼、第二王女並びに王太子専属護衛殿でしたね」

「うぐぅっ!?」

「はぁ……手紙一つ書けなくてどうするのです。アイン様やオリビア様に関する報告書を毎日のように書いていらっしゃるではありませんか」

「それとこれとは話が別じゃないですかぁっ！」

友人に宛てる手紙と仕事上の書類だから確かに違うが、普段から文字を書かないわけではないだろ、とマーサは言っているのだ。

「一応お尋ねしますけど、報告書関連は大丈夫なのですか？」

「勿論《もちろん》ですっ！　本にできるぐらい丁寧に書いておりま――――痛っ!?　な、なんでおでこを叩《たた》いたんですか!?」

「その気力を少しでもお手紙に回せばよいだけでしょうに」

これまで、マーサにデコピンをされた経験は一度もない。急なことをされて驚いたクリスは額に手を当てまばたきを繰り返しているが、不満を言う様子はなかった。

「あの——……というわけなので、マーサさん……っ！」

「畏《かしこ》まりました。お手伝いをとのことでしたらちょうど良かったです。そろそろゆっくりできる時間だったので」

「ほんとですかっ⁉　良かった……ようやくお手紙を送れそうです……っ！」

「ちなみに、何か月ぐらい忘れていらっしゃったのです？」

「——確か一年ちょっとで——ふぇっ⁉　ま、また叩きましたねっ⁉」

「エルフの時間感覚はのんびりしているとは言いますが、次回からは改めるようにしてください」

「肝に銘じておきます……で、では早速！」

意気揚々と立ち上がったクリスは同性のマーサがうっとりしそうになる可憐《かれん》な笑みを浮かべ、自室に向けて歩きはじめた。


しかし、そのときのことである。

「ニャハハッ！　マーサが来なかったおかげで助かったのニャ！」

「あとは隠し通すことだけだね」

「お主もワルい王太子だニャア……！」

「ここまで来たら最後まで楽しまないと。今日まで長い時間を掛けて用意したんだ——し——」

「ニャ？　なんで急に止まって——ニャニャニャァッ⁉」

曲がり角で出会い頭に聞こえた二人の会話を聞き、さっきまで情けない態度だったクリスの顔が変わった。

笑みを浮かべているのは変わらないが、目が笑っていない。

「こんにちは。クリスさん。目が笑ってないですよ」

「ニャア！　マーサも居たのかニャ！」

誤魔化《ごまか》すことにした二人は後ずさっていく。しかし、同じ歩数でクリスとマーサが距離を詰めた。

やがて、左右に分かれた廊下までそれがつづくと。

「急用を思い出したのニャッ！」

「俺も訓練をしないとっ！」

二手に分かれて逃走に掛かる。

だがクリスも、そしてマーサも逃すことはなくあっさり捕まえた。

カティマはマーサに首根っこを掴《つか》まれ、アインはクリスに背中から強く抱き留められた。それはもう情けない姿である。

「逃げないから放してもらえたりは……さすがにこの体勢は恥ずかしいんですが……」

背中に当てられた胸の感触もそうだし、遠目に見る騎士に笑われているのも勘弁してほしい。

「おや、このまま抱き上げて参ろうかと思ったのですが」

「かくなるうえは……カティマさん、ごめん」

「待つのニャ……仲間を売ろうとしてるわけじゃないだろうニャ……？」

「クリスさん。俺の部屋に計画書があるんで、それで勘弁してもらえ――――」

「おーまえふざけるんじゃないのニャッ!?　それを見られると、私がお父様に内緒でパクったものがバレちゃうじゃニャいかッ！　あっ、ちょっとマーサ？　待ってほしいのニャ。今のは口が滑ったというか、口が勝手に変なことを言ったって感じなのニャ」

呆れたマーサがカティマを引きずるようにして連れて行く。もはや問答無用。連れられて行くカティマに王族らしさは皆無であった。

「ニャァァァアアアアア……後生ニャから勘弁してほしいのニャァ……」

「言い訳は陛下にしてくださいますよう、お願い申し上げます」

その様子を見送るクリスはアインに言う。

「ちょうどいいので、アイン様はお部屋で午後の勉強でもしましょうか」

「はーい……。ってか、クリスさんって非番なんじゃ。どうしてマーサさんと一緒に居たんですか？」

「あっ、それはですね。マーサさんに手紙を書くのを手伝ってもらおうと思ってたんです」

よく分からないが、言葉通りに受け取ったアインが「そうだったんですね」と言って頷《うなず》いた。

「クリス様っ！　夕食の後で参りますねっ！」

「ありがとうございますっ！　お待ちしてますねっ！」

まだ声が届くところで二人は言葉を交わす。

「あのー、そろそろ恥ずかしさがヤバいんですが」

クリスはこほん、と咳払《せきばら》いをしてアインから手を放す。

マーサはまだ照れくさそうに頬を掻《か》くアインと楽しそうに笑うクリスを一瞥《いちべつ》し、今度こそと言わんばかりに、カティマを連行していったのだ。

◇　◇　◇

語り終えたマーサは当時のような日が戻ってくることを切に願いながら、静かに目を伏せる。

聞き終えたクローネとシエラの二人は顔を見合わせて笑っていた。

「一等給仕様は、この子になんと助言をなさったのです？」

「確か……日々を綴《つづ》り、素直に謝罪するようにとお伝えしたことを覚えています」

「道理でこの子にしては長い手紙だったわけです。あの後にまた手紙が届かなくなりましたが、聞けば仕方のない理由だったみたいですね」

微笑《ほほえ》むシエラは以前、『馬鹿なの？　手紙なんて、十年くらい前に一通だけ貰《もら》ったっきりよ』、クリスの前でこうした言葉を口にしたことがある。

これを思い返しながら、シエラは微塵《みじん》も怒らず「仕方ない子」と呟《つぶや》いた。

「それでは、私はこの辺で」

「ありがとうございました。素敵なお話を聞けて良かったです」

部屋を立ち去るマーサへシエラが感謝の言葉を述べ、また部屋の中が三人に。

起きている二人はベッドで寝ているクリスに目を向けた。規則的な寝息を立てるクリスの顔は痛みとか苦しみを感じている様子はなくて、今にも目を覚ましそうだ。

「そういえば、今回ばかりは怒れませんね」

シエラはクリスの頬《ほお》に掛かった髪を払いながら言う。

「怒る、ですか？」

「はい。無茶をしただけなら叱《しか》らないといけないと思っていましたが、理由を聞いたらそうは言っていられません。今の私は同じエルフとして、命を賭《と》して王太子殿下に尽くすこの子を誇りに思います」

――――命を賭して。

この言葉を聞いたクローネは胸元に両手を当てる。

それから、何も言わずシエラに背を向けた。私もそろそろ参ります。そう、別の仕事があるようなことを示唆して席を外そうとしたのだ。

だが、一歩進みだす前に、シエラが不意に話題を変える。

「最後に、私が知る残りの情報をお伝えしておこうかと思います」

「それは――――」

「――――例のモノは、傍にあるだけで周囲の者たちを蝕《むしば》むのではありません。手にした者に言い聞かせるように、手を放して、と願うように身体《からだ》を蝕むのです」

それ故、専用の魔道具がなくとも置いておくだけなら問題がないそうだ。

「そして私は、手にして無事だったお方をクローネ様以外に知りません」

静かに耳を傾けるクローネに更につづけて言う。

「例のモノがあのような力を持っていたことも知りませんでした。長からは何よりも大切な魔石だと聞いたことはございます。しかしながら、特別な力があると聞いたことはありません」

シエラは自分が知る情報を余すことなく伝えた。

若干、駆け付けて間もなく口にしていた言葉と重なっていたが、些細《ささい》な問題だ。

「故に私はこう言います。あの力を使うことができるのは、クローネ様以外にはいないのかもしれない、と」

言い換えれば、クローネにしかできないことがあるということ。

此度《こたび》の件に関しては明らかな無力だと自らを評価していたクローネの耳に、シエラという第三者の口からそれがはっきりと告げられた。

「私は――――」

クローネは何か言いかけた。でも口にすることを止《や》める。心の中に抱いた決心を口にして、それを耳にしたシエラに止められることを嫌ったのだ。

「私は少し、外を歩いて気分転換をしてこようと思います」

「畏まりました。私はこの子の傍におりますから、何かあればお声がけください」

苦し紛れに話題を逸《そ》らした自覚はある。

幸いにもシエラはそれを指摘することなく、歩きだしたクローネが扉の前に立つまで口を閉じたままだったが。

「――――貴女様が進む先に、光り輝く未来が待っておりますように」

銀髪のエルフが祈る声は、部屋を出る直前のクローネの耳に届いたのである。

◇　◇　◇

クリスの部屋を出てすぐに気が付いた。懐にしまい込んでいた革袋の結び目が、青白い光を放っていたのだ。

手に取ると、ひと際輝いてみせる。

そして、鼓動した。

トクン、トクン――と繰り返すうちに、クローネの脈拍と同調する。

「――私にしかできないことがある」

海龍騒動のときや、ウパシカムイが出現したとき。

クローネはアインの無事を願い、祈ることはあっても、自分が戦場に向かうことはなかった。戦力になれないことはおろか、邪魔になることを知っていたからだ。当然、不本意だし、戦えない自分を嫌ったこともある。だけど、戦いに向かないことは変わらない。だからこそ補佐官として、アインの傍でできることはすべてやってきた。

だが言ってしまえば、これらの仕事は自分でなくてもよかった。それこそウォーレンならもっと上手《うま》くやれただろうし、イシュタリカには他にも優秀な文官が何人もいる。

――だったというのに、自分にしかできないことができた。これ以上の喜びはない。自分も命懸けで彼のためにできることがある。

「『もう、後悔はしたくない』」

お守りが揺れると同時に、自分と、自分ではないけどよく似た声が響いた。

アインのことで頭がいっぱいだったから、声の主が誰《だれ》なのかは気にならなかった。

「私は、彼と一緒にいるためにここに来たんだから」

自分がどうして海を渡ったのかを思い出す。どうして祖国にいる家族と離れ、遠いこの国へやってきたのかを。

故に心に従い、お守りに導かれるままに城を後にしたのである。

王の剣

王都はクローネたちが抱く複雑な感情とは関係なしに、いつもの夜景を見せていた。

クローネは城を出て港にある桟橋に向かった。何をするかは誰にも話していない。話しても反対されることは分かり切っていたからだ。

桟橋に到着してからは、仕事をしていたオーガスト商会の船員たちに近づいた。

一方で、オーガスト商会の船員たちは、突然現れた彼女の姿に驚いていた。

「船を出して。ハイムに向かって」

クローネはハイムの方角を向いて、こう口にした。

「それは城からのご命令……でしょうか？」

「いいえ。私の命令よ」

複数人の船員たちが、一斉に不思議そうな表情を浮かべた。

こんな時に令嬢がたった一人でハイムに向かうなんて、自殺行為に等しいからだ。

「なぜハイムに向かうのかご説明いただきたいのですが」

「大切な用事があるからよ」

「その大切な用事を聞けないのであれば、我々は船をお出しすることができません」

すると、クローネにしては珍しく、分かりやすい苛立《いらだ》ちを皆に見せる。

これは様子がおかしい。

様子を窺《うかが》っていた一人の船員は走り出すと、いまもなお本店で指揮を執っているグラーフの下へ報告に向かった。

「私の言葉でも駄目なのかしら」

「違います。むしろ、貴女様《あなたさま》だからこそ慎重に事を運びたいのです」

「別に気にしなくていいのよ。私が判断して決めたことだもの」

「いけません。少しお待ちください。すぐに会長がいらっしゃると思いますので」

港からオーガスト商会本店へはそう遠くない。

馬にでも乗れば数分もあれば十分な距離とあって、クローネはグラーフが来る前に話を進めたかった。

「どうしたら………っ」

クローネはこの問答をしている時間が惜しかった。

自分一人では大人の男性を前に力技なんてもってのほか。諦《あきら》めたくないが、強引に諦めさせられることも想像できる。そうなってしまう可能性の恐怖に身体《からだ》が微《かす》かに震えた。

だが震えるクローネを支えるように、懐にあるお守りが光を発した。

周囲の者たちはその眩《まぶ》しさに目を覆ったが、不思議とクローネは眩しくなかったから、これはお守りが自分の味方をしてくれているのだと思った。でも、次に目に映った光景に、彼女はそれが間違いであることに気が付く。

◇◇◇

もう何時間戦いつづけていたか分からない。現実世界と違って空の様子が変わることがないせいか、時間の感覚に鈍かった。

そもそも、海龍もウパシカムイも国難、あるいは災厄と称されるイシュタリカの歴史に名を刻む魔物だ。たとえ一度勝利を収めた相手だとしても、この事実は変わらない。

しかも、ほとんどのスキルが使えないこの状況では苦戦で済めば最良。

実際には、苦戦と言うのもおこがましい惨状で、ここまで敗北を喫していないだけでも悪くないというのが実情だ。

「ぐぅ…………っ…………」

海龍が放つ光線のような水流を、ウパシカムイの冷気が刃《やいば》のように凍らせる。

ウパシカムイの剛腕によりリヴァイアサンは既に半壊しており、アインの身体は海に投げ出されそうになっていた。

海龍たちは獰猛《どうもう》に牙《きば》を露出し、殺意を孕《はら》んだ双眸《そうぼう》を向ける。

情けなくも海中に沈みかけたアインは木の根を用いて足場を設け、まずは二頭の突進を避《よ》けた。

『ゴガァァアアアア――――ッ！』

しかし、今度はウパシカムイが。

半壊したリヴァイアサンから、冷気を放ち、海面を凍らせながら襲い掛かってくる。

「ッ――――初代陛下に傷を付けられる前のウパシカムイ、ってとこか」

膂力《りょりょく》や移動速度が以前の比じゃない。

避け切れないと悟ったアインが木の根を何重にも張り巡らせて壁を作るも、その剛腕には通用せず、紙を指で破るみたいに簡単に腕を貫通させた。

「がっ――――」

巨大な拳《こぶし》はアインの全身より更に大きくて、強打されると体格差が殊更、露《あらわ》になった。全身が軋《きし》み、悲鳴をあげる。彼の身体は圧に耐えられるわけもなくねじ伏せられ、殺しきれない勢いにより身体が海原へ殴り飛ばされた。

その先では、二頭の海龍がアインを逃すまいと待ち構えていた。

降り注ぐ陽光が牙に反射している。このままでは、あっさり食われて終わるだろう。

――――逃げ道はなかった。

必死になって頭を働かせるが、打つ手は一つしか思い浮かばない。

「突き立てて、吸収する」

これだけ。

クリスを助けに行った日と同じように戦うことだけが、今のアインに残された、この場を打開できる戦い方だ。

「いい加減……倒れろッ！」

アインは身体を宙で器用に旋転させて重心を整えた。

海中より現れた木の根に掴《つか》まり、悲鳴をあげる身体に鞭《むち》を打って海龍の額へ。黒剣を突き立てたアインは同時に吸収のスキルを作用させる。

いつもなら得られた魔力により充足感に浸れたが、その気配はなかった。

力を取り返せるかと期待したが、裏切られた結果に終わる。

『アアアアァァァァァアァアァアアアア』

代わりに、海龍の悲鳴が耳を刺す。

確実なダメージを与えられたことに安堵《あんど》していると、すぐに視界の端の存在に気が付いて舌打ちした。

海龍は一頭じゃない。二頭なのだ。

吐き出された激流が服、頬《ほお》を掠《かす》めて、痛みが生じる。

ついでに敵は海龍だけじゃない。ウパシカムイの魔力による冷気が肌を灼《や》き、濡《ぬ》れた服を凍り付かせ、全身があっという間に重くなる。寒さに膂力が奪われ、海龍の額に突き立てた黒剣が抜けてしまった。

その隙を逃さず、これまで額に黒剣を突き立てられていた海龍の双眸が光り、牙を剥《む》きだす。何とか逃げたアインは伸ばした木の根に手をかけ体勢を整えた。

だが、海龍の尾が面前に迫る。

黒剣を構えて迎撃の姿勢を取ろうと試みるも、傷だらけのアインは反応がほんの一瞬、まばたきの時間だけ遅れた。

その結果、木の根ごと海龍の尾を叩《たた》きつけられた。身体はまた吹き飛んで、今度は半壊した港へ急降下。

石造りの港に激突するまでの速さは、夜空に光る流れ星よりも速かった。

「っ……………ぁ…………ぐぁ…………っ」

何度も何度も転がりながら、アインは桟橋に黒剣を突き立てて静止した。

海では二頭の海龍が歓喜の声をあげ、ウパシカムイは陸を目指し、凍らせた海を駆けてくる。

「────ジェイル陛下だったら」

戦っているのが自分ではなく、あの人だったらこの戦いはどうなっただろう？

吸収して得たスキルがないだけで、自分はこんなにも弱くなった。魔王化して得た膂力は残されていたし、ドライアドの力だって以前より満足に使えているが、戦いに勝てないのなら大した意味を成さない。

一方、ジェイルという男ならこの戦いにも勝利を収められたはず。アインはそう確信していた。

「はぁ…………はぁ…………ッ」

英雄王のように勝利する方法がないわけではない。嘘《うそ》のような話だが、たった一つ、残されていた。

現実的かと聞かれたら、夢の中でさらに夢を見るような話である。

アインはそのことに気が付いて、笑った。こんなときに何を考えてるんだと思って、桟橋に突き刺さった黒剣を横目に。

願わくば、もうひと頑張りできるだけの活力を。

諦めるつもりはなくとも、身体が言うことを聞かないことだけが恨めしい。

――指の先まで余すことなく駆け巡る痛みに頬を歪《ゆが》めながら呼吸を整えていると、アインの視界の端で、蒼《あお》い光が瞬いた。

『アインッ！』

聞こえるはずのない声がした。

身体が動かないから確信はしていないが、恐らく、蒼い光が瞬いた方から。次いで、ふわっと花の香りが漂ってきたことで、彼の意識は完全にそちらへ向けられたのだ。

◇◇◇

――景色《けしき》が一変し、クローネの視界に広がっていたのはアインが戦う光景だった。

彼女は倒れ込んだ彼の傍《そば》に慌てて駆け寄った。しかし、触れられない。寄り添って膝《ひざ》をついても、自分に気が付く様子はなかった。

どうしてこんな、無力を自覚させる景色を見せるのだろう。

瞳《ひとみ》から溢《あふ》れ出た涙が一筋、頬を伝う。

『クローネ』

だが呼びかけられて、涙を流すことを忘れて身を乗り出した。

『…………意識を失う前にも思ったけど』

「うん。何を思ったの？」

『やっぱ、勿体《もったい》ぶったのは間違いだったかもね』

「えっ…………？　勿体ぶったって――――もしかして」

クローネはきょとんとしてしまった。

言葉の意味は分かっている。緊張感のない緩い声色でアインが言った言葉を聞いて、何のことかすぐに分かった。

思えばこの桟橋は、アインを見送ったときの場所だ。見送るとき、唇に口づけをするのは帰ってきたら、と勿体ぶったことも覚えているけど、こうした状況で言われるとは思わなかった。たとえ、これが幻覚だったとしてもだ。

だが、冗談交じりの恨み節に頬が少し緩んだ。

「ごめんなさい。――――でもね」

アインはクローネが言い切るのを待たずに立ち上がり、黒剣に手を伸ばす。

すると、寄り添っていたクローネの頬を涙が伝った。

「次は、絶対に勿体ぶったりしないから」

強がっているけど、実は寂しがり屋。

そんな彼女が、気丈に言った。

幻聴のはずと思っていたが、アインにとってはそれでも活力を取り戻すのに十分だった。

『隣に居てくれたらなって、こんなに強く願ったのははじめてだよ』

「――――それなら行くわ。絶対にあなたの傍に行くから」

アインの背にその言葉を投げかけると、彼の肩が微《かす》かに揺れた。どうやら笑ったらしい。危ない場所へ迷いなく行くと言ったクローネの言葉に、彼女らしさを覚えてのことだろう。

当然、アインは来てくれとは言わなかった。ただ、背中越しに言う。

『絶対に帰るよ。君の下へ』

――――と。

◇◇◇

クローネの気配がしなくなった。

世界が緩やかに動いていた。正確にはそうなっているのはアインの視界だけなのだが、彼は気付けていない。

コマ送りのように見える世界の中で、海龍とウパシカムイが到達するまで間もなく。

「俺の全部を差し出す」

黒剣を見下ろして語りかける。

「力を使えない空っぽな男のくせに、って笑ってくれても構わない。だけど、ここで終わるわけにはいかないんだ」

黒剣が揺れた。足りないと言われた気がした。

「俺がお前の主《あるじ》に劣ってることも自覚してる」

黒剣が揺れた。その通りと言われた気がした。

「けど俺は――――」

ふと。

黒剣の揺れが収まり、まるでアインの言葉に耳を傾けているよう。

「超えてやる」

イシュタリカの歴史に名を刻む英雄王を。

幼き日、いつか自分もそうなりたいと願った初代国王を。

今ここで、満身創痍《まんしんそうい》のままに超えると宣言し。

絶対的な覇気を露に黒剣を持ち上げ、横に構えた。

『力を示せ』

不意にジェイルの言葉が脳裏をよぎる。

『災厄であれ。そうでなければ災厄には勝てない』

大霊廟《れいびょう》の奥ではじまった戦いで、彼はこう口にしていた。あのときは脈絡のない言葉に戸惑いながら戦っていたが。

（今なら、あのときの言葉の意味が分かる気がする）

前提が違うのだ。

ジェイルは魔王《アーシエ》を倒すために戦ったのではなく、赤狐《シャノン》を倒すために戦った。彼が災厄であれと言ったのは、さらなる力を欲していたからかもしれない。

『堕《お》ちるんだ。堕ちてからが真の闘いになる』

この言葉が一層、アインの予想が正しいということを裏付ける。

英雄王ジェイルは、魔王の力も欲していたのかもしれない、ということを。

『覚悟が無ければ失うだけだ』

「…………そんなの、ずっと前から抱いてる」

漆黒の剣身がひび割れて眩《まばゆ》い銀光が漏れ出す。

「だったら、俺は英雄王が抱いた理想になる」

舞い上がった風が海原を煽《あお》って、アインの周囲が白銀色の獄炎に包み込まれていく。

「赤狐《あかぎつね》を倒した俺が、魔王の力を以《もっ》て英雄王を超えればいい。――――お前もそう思ってるのなら、ここで約束する」

黒剣を一瞥《いちべつ》して、強く握り直した。

銀炎の勢いは増していき、やがて――――。


「――――俺のすべてを賭《と》して、英雄王を超える魔王になってやる」


宣言をしたと同時に、世界が移り変わっていく。

アインはいつの間にか、祠《ほこら》の最奥にある大霊廟の中に立っていた。これは、先ほど中断された初代陛下の記憶のつづきなのだろう。

あの後ここに足を踏み入れていたジェイルと木霊《こだま》が、剣を立てておく台座の前に居て、アインはその近くに佇《たたず》んでいる。

『俺にもっと力があれば、姉上を救うことだってできた。姉上のように強ければって、何度悔やんだか分からない』

木霊は物言いたげであった。

その態度に気が付いた彼は笑って言う。

『単純な強さは姉上の方が上だよ。この剣と、生まれ持ったスキルが魔王に対して強すぎただけなんだ』

『そうなのー？　あの夢魔より強そうだったのにー？』

『うーん……よく分かんない！』

『まぁ、そういうこともあるってことで。実は姉上のように強くなりたいって、戦いの中で魔王になりたいって何度も願ったこともあるんだ。願ったところで魔王になれるわけじゃないけどさ』

『難しいこと、よく分かんない』

『何て言えばいいんだろ……生まれ変われたら魔王になりたいなって思った感じかもね』

イシュタリカの民が聞いたら驚愕《きようがく》するだろう。

あの初代陛下が、と。

『だから俺は、この剣をここに遺《のこ》しておく』

彼の剣が台座に突き立てられた。

『いつか人と魔王が手を取り合って赤狐と戦うかもしれない。それか、王家の人間に魔王が生まれて赤狐と戦うかも。どちらにせよ、俺の力が宿ったこの剣が必要になる。もしも新たな魔王がまた暴走してしまったら、それを止めるためにもね』

『たくさんたくさん、時間が経《た》ってからのお話？』

『そういうこと。それかそうだなー………』

彼は剣から手を放し、振り向いた。

『俺が自分で取りに来るかもしれないな。もしも生まれ変われたらって話だけど』

『じゃあ、待っててあげる！』

『私とお姉ちゃんで待っててあげるねー！』

『いやいやいや！　冗談だってばっ⁉』

『分かんないけど大丈夫だよ！　よく分かんないけど！』

『うん！　ちゃんと待っててあげる！　お迎えとか、得意だから！』

すると木霊の姉妹が飛び去って行く。

この大霊廟の何処《どこ》かへ遊びに行ったようで、ジェイルはその姿を微笑《ほほえ》ましそうに見送った。

残されたジェイルは何かするわけでもなく剣を眺めていたが、不意に、誰《だれ》も居ないはずの場所へと、アインが立っている場所へと、顔を向けた。

『もう分かったはずだ。聖域は戦士たちの慰霊のため、そして、俺の剣を封印しておくための場所だってね』

誰に語り掛けているのかと不思議に思っていると、目が合った。

『消える前に話せてよかった。おかげですべての力を渡すことができる』

「――――俺が見えるんですか」

『ああ。こうして話せる時間を待っていたよ』

「貴方《あなた》は――――ジェイル陛下は亡くなったはずでは」

『今の俺は前にここで出会った時と同じで、剣に残された残滓《ざんし》でしかないよ。ただ、残された力が語り掛けているに過ぎないんだ』

そう言ったジェイルは顔に、人懐っこい笑みを浮かべていた。

アインとよく似た顔立ちは殊更、瓜二つ《うりふた》。違うのは髪の長さだったり、服装ぐらい。並んで立つと双子というよりも、同じ人間が二人いるようだった。

『俺は勝てなかった。姉上の胸を貫いた刹那《せつな》、ジェイル・フォン・イシュタリカは赤狐に敗北を喫したようなもんだ』

「俺だって、魔王の力に負けてしまいました」

『だけど終わっていない』

目を見て、強い口調でジェイルは断じた。

『まだ決着はついていないんだ』

アインは何も言わず、ジェイルの声に耳を傾けつづけた。

微《かす》かにジェイルの姿が半透明になっていく。彼が自分を残滓と言ったことが脳裏を掠《かす》める。

『これから、どうすればいいか分かるな？』

考えるまでもない。

「俺は赤狐を倒しました。次は暴走した自分を——暴食の世界樹を止めるだけです」

『ああ』

アインはおもむろに歩き出した。

剣が突き立てられた台座の前に行き、じっと見つめる。

黒剣とも違えば、現実世界で戦ったときのそれとも違い、眩い白銀の光に覆われた真の姿で、それは鎮座していた。

これが、初代国王ジェイルの剣の本当の姿。

荘厳で美しい外観と裏腹に、心に押し寄せる圧倒的な力の奔流に息を呑《の》んだ。

「そのためにも俺は決めたんです。本当の本当にすべてを終わらせて、最高のハッピーエンドを迎えるって」

言い切った顔には曇り一つなく、瞳《ひとみ》に宿った力強さが煌《きらめ》いていた。

「もしかして、戦いが終わったらこの剣はなくなるんですか？」

ジェイルは首を横に振った。

役目を終えた彼の剣は、彼が遺した力だけが失われると言う。代わりに、マルコの素材で作られた黒剣は残るはずだそうだ。

剣の持ち手に手を伸ばしたアインに、ジェイルはさらに声を掛けた。

『俺を超えるなら、勝たないといけない』

「――――分かっています」

『すべてを終わらせて、祖国に帰らないといけない』

「――――はい」

背後の方で、ジェイルの気配がいよいよ薄らいだ。声も遠くまでいってしまったように思える。

アインはそれを知っても振り向かず、ジェイルの声と胸の鼓動だけを聞いていた。

持ち手を強く握りしめると、大霊廟の至る所から光が舞う。ここへつづく回廊の奥から、行軍してくる足音が届く。

いつしかそれは、台座の下に揃《そろ》う。

皆が皆、大戦で命を落とした英霊たちだ。

彼らは一斉に膝《ひざ》をつき、二人を見上げていた。

「俺は今から、貴方を超える」

言ってからアインの身体《からだ》が震えた。

恐れからではない。心が猛《たけ》り、高揚していたからだ。


『だったら』

ジェイルの声が遠ざかる。もはや、彼の姿は台座の傍から消えていた。

『この剣を抜き、銘を呼ぶんだ』


銘が頭の中に響く。

持ち手を握った指先に力を込めると、周囲の景色《けしき》が霞《かす》みはじめた。剣から発せられた白銀の風も合わさり、大霊廟が視界から見えなくなる。

代わりに、音がした。

英雄たちの雄々しい声が。槍《やり》の石突で石畳を揺らす地響きが。頭上に掲げるために剣を抜き去る

風切り音が。

出陣に対する鬨《とき》か、共に戦場を駆けた王の剣が目覚めることへの歓喜のようにも聞こえた。

やがてすべての音がアインの耳から遠ざかり、代わりに聞こえてきたのは海龍とウパシカムイの咆哮《ほうこう》だった。

気が付くと、王の剣が面前に突き立てられていた。

アインの手は大霊廟に居た時と同じく添えられており、抜き去る直前。

だが、抜き去ろうとすると弱々しい抵抗があった。

きっと、王の剣は銘を呼ばれるのを待っている。

数百年の時を経て、以前のように力を振るうために。


「――――力を貸せ」

王の剣を本当の意味で目覚めさせるため、アインが銘を呼び抜き去った。


「イ、シ、ユ、タ、ル、イ――――――ッ！」

天から数多《あまた》の光芒《こうぼう》が降り注ぎ、王都一帯を包み込む。眩い颶風《ぐふう》が吹き荒れはじめ、白銀色の猛火が万象を灼《や》く。

――抗《あらが》うことが許されぬ王の力が顕現した。
海龍も、ウパシカムイも、その力を前に光の粒子と化す。
すべてが文字通り、この世界から消滅したのである。

アイン・フォン・イシュタリカ
【ジョブ】　――
【体　力】　9999+α
【魔　力】　9999+α
【攻撃力】　――+α
【防御力】　――+α
【敏捷性《びんしょう》】　――+α
【スキル】　勇者

命懸けの恋を、思い出の場所で

クローネの懐から放たれた光で皆の目が眩《くら》んでいた。

その隙をついて、彼女は甲板につづくタラップを駆け抜ける。

何としてもハイムに行かなければならない。さっきの幻覚を思い出して、更なる決意を抱いて乗船した。

船員たちの視力が戻ったのはその後で、気が付いたときにはクローネが船の上に居た。

「もう時間がないの。お願いだから、ハイムに船を出して」

いつもは冷静に相手をやりこめるクローネも、この切迫した状態に弱々しい声色である。

船員たちはそれを不憫《ふびん》に感じたが、やはり危険な目にはあわせられないと首を横に振りつづけた。

「分かったわ。私が自分で船を動かしていく」

「お嬢様ッ！　お待ちください！」

「待て！　碇《いかり》も上げてない！　お嬢様一人なら動かせない！」

一人の船員がそれに気が付くと、慌てた者たちは一斉に落ち着きを取り戻す。

それからは、無理やり連れ戻しては危険と判断し、桟橋から声を掛けつづけた。

……………これじゃ、船を動かせない。

クローネは悲痛な面持ちで船内を見つめるが、やはり打開策は見当たらない。そこへ、とうとうグラーフがこの場にやってきてしまった。

「どうしてハイムに行きたいのかは分かっているッ！　だが駄目だッ！　許すわけにはいかんッ！」

「お爺様《じい》！　お願いです！　私をハイムに行かせてくださいッ！」

「ならん！　いくら理屈を並べ立てようとも、今回ばかりは認めんぞ！」

「アインは一人で戦ってるのッ！　私がここで静かに待ってるなんて、そんなことはできないわッ！」

「認めんと言ったろうッ！　すぐに屋敷に戻り、保護されたばかりのハーレイとリールの二人に顔を見せるのだッ！」

立て込んでいたせいか、クローネはまだハーレイとリールの二人と再会できていなかった。

グラーフはそのことを指摘し、クローネを宥《なだ》めるように両手を開く。

「もう一度言う。久方ぶりの家族の時間を過ごし、心を落ち着かせるのだ――――ッ！」

クローネはグラーフたちを見下ろしながら、頭の中に先日のクリスの振る舞いを思い出す。あれほどの重傷を負ったというのに、アインのために叡智《えいち》ノ塔まで行き、オズと戦った姿は忘れられるはずもない。

自分も同じなのだ。命懸けで彼を愛している。

あの日、祖国を離れ彼の傍に行きたいと願ったあの日から、ずっと。

彼からスタークリスタルを受け取り、彼の人となりを感じ、イシュタリカにきてからも感情を育んできた。

それにさっき、再確認した。

幻覚だろうと構わない。

彼の声を聞いて、彼の姿を傍で見ることができたとき、自分の居場所は彼の傍なんだと実感していた。

だから、絶対に諦《あきら》めない。諦めてはいけない。


「お爺様。それはできません」


クローネはその想《おも》いを。

皆が惚《ほう》けてしまうような、儚《はかな》くも可憐《かれん》で、胸を抉《えぐ》るような切ない声で言い放つ。


「ずっとずっと変わらないの。──────私の恋は命懸けなんだから」


見る者、聞く者によっては呆《あき》れ果てる言葉かもしれない。

恋に溺《おぼ》れて他のことを忘れてしまったのか、そんな失望を抱くかもしれない。

だが、家名を捨て、危険をともなう旅を経て海を渡り、ただ愚直に努力をつづけてきた彼女にとって、この言葉には強い説得力が宿る。

──────それでも、許されるかは別問題だ。

グラーフは船員に命じ、彼女を強引に降ろすよう命じたのである。船員たちがタラップを駆け上がっていく。胸の前で手を握り締めたクローネは身構えるが、戦えない彼女が大の大人を前にできることは限りなく少ない。

「ガァァァアアアアアアアアアッ！」

海原を揺らす怒号が王都中に響き渡った。

港周辺の海が天高く舞い上がると、王都の港を囲うように海水の壁が作られた。

「………来てくれたのね」

水の壁から飛び出したのは二頭の海龍――エルとアルだ。

二頭はクローネが乗った船を挟むように海面に現れて、美しい鱗《うろこ》に港の灯《あか》りを反射した。二頭は器用に首を伸ばすと、クローネに頭を撫《な》でさせて、自慢のスキル『海流』にて、碇を繋《つな》ぐ鎖を引き裂く。

ゆっくりと進みだした船を止めようと、船員とグラーフが船に近づくも。

「グルゥ」

姉のエルがそれを許さない。

「皆、離れよ」

「会長ッ！」

「いいから離れよッ！　我らで止められる相手ではないッ！」

双子はアインを親と慕っていることもあり、イシュタリカの民に乱暴はしない。今もクローネを守ろうとしているだけで、進んで攻撃してくる気配はない――が、かといって、とうに制止できる段階にはなかった。

諦めたグラーフは甲板を見上げ、視線が交わったクローネに言葉を失う。

いつの間に、あんな顔をするようになっていたのだろうか。孫娘を前に、王妃ラルアに抱く以上の畏敬《いけい》の念を覚えるとは思わなかった。

「儂《わし》は城に行き、陛下にご説明して参る」

グラーフは皆にそう言い、海原に背を向けた。

海龍の双子に連れられた船が海水の壁まで進むと、海流操作によりそこだけ扉のような穴が作り出され、港を脱する。

クローネを乗せた船は見る見るうちに王都を離れて行き、沖に停泊するリヴァイアサンを追い越していった。

◇　◇　◇

ハイムにつづく海原は穏やかだった。

宵闇《よいやみ》に包まれた海は不気味なほど静かで、クローネに聞こえてくるのは船にぶつかる波の音に加え、エルとアルの二頭が泳ぐ音のみだ。

港町ラウンドハート近海についてもそれは変わらず、廃墟《はいきょ》と化した町は人っ子一人いない。

変わり果てているけれど、覚えているものだ。

幼い頃《ころ》に数回足を運んだことしかなかったクローネだが、どことなく見覚えがあるような気がした。イシュタリカとの戦争に加え、暴食の世界樹のせいでほとんどが崩壊してしまっているが、雰囲気は以前と変わらぬ街並みであった。

――――しかしどうやって船から降りようか。

タラップはしまい方を知らなかったせいで、航海の最中《さなか》、波に攫《さら》われてしまっている。

「キュッ」

クローネが困惑していたところへ、エルが首を差し出した。

「連れて行ってくれるの？」

エルは上機嫌に口をパクパクして答えた。

隣にやってきたアルも勝気に笑い、鋭利な牙《きば》を露出する。

「ありがとう。あなたたちのおかげで助かったわ」

近寄ってきた双子の頭を撫でると、クローネは王都の方角を見た。

ハイム王都生まれ、ハイム王都育ちのクローネも見たこともない巨大な樹《き》がある。間違いない。あれがアインなのだ。


「あらら。一人で来るとは思わなかったわ」

港に降りた先、近くの瓦礫《がれき》に立っていたのは黒髪の佳人、ミスティ。

彼女はローブのフードを取って顔を見せた。

「……ミスティ様」

「来ると思ってたわ。あら、この子たちが噂《うわさ》の双子ね。さぁいらっしゃい。使わなかった魔石をあげる」

「キュッ⁉」

「ギャウ…………ギャウッ！」

王都で人と共に育ってきた双子は、警戒心を抱くことなく魔石を口で受け取った。

エルは飴玉《あめだま》のように舐《な》めて、アルは噛《か》み砕《くだ》きながら味を楽しむ。

ミスティは双子が食事をする様子を眺めながら、古い記憶を回想した。

「ラムザも昔は小さかったのよ。元々はこんなに小さなスケルトンの子供だったんだから」

自分の腰回りに手を当てて高さを示した。

なるほど、確かに小さい。

「今はあれほど凛々《りり》しい御方《おかた》ですのに、そんな時代があったのですね」

「ええ。ちょこちょこ付いてきて、すごく可愛《かわい》らしかったわ。その後は少しずつ大きくなって、進化して、何百年も過ぎて、ようやくデュラハンになったの。この子たちもいずれ、別の龍に進化するかもしれないわね」

クローネは頬《ほお》を引《ひ》き攣《つ》らせ、進化しても双子が言うことを聞いてくれるか心配した。ミスティはそれを察して言う。

「心配はいらないわ。飼い主の方がずっとずっと強いもの」

そう言って、ミスティは大通りを歩きだす。

「向こうに馬を用意してあるわ。アイン君の下まで一緒に行きましょう」

周りには戦争の凄惨《せいさん》さが残されていたが、クローネは気を強く持った。

おびただしい数の遺体と血の跡には吐き気を催すが、こんなところで怖気《おじけ》づいている場合じゃない。

――――馬に乗ってからは若干楽になった。

手綱《たづな》を引くミスティと、徐々に近づいていく世界樹を見ていればいい。

「海蛇の気配がするから……とミスティが言っていたが、まさか本当に単身で乗り込むとはな」

城門にたどり着くと、傍に落ちていた岩に背を預けていたラムザに言われてしまう。

「蛮族共に弄《もてあそ》ばれる可能性を危惧《きぐ》してほしかったものだが」

「そうね。次からは気を付けるのよ」

「お、お気遣いいただきありがとうございます」

妙に優しいというか、二人はとてもよく気遣ってくれた。

距離感は不思議と近い。

クローネもクローネでそれには違和感を覚えておらず、妙にしっくりくる感覚があった。

「くー……かー……」

ラムザのひざ元から聞こえた寝息。

目を向けると、そこに居たのは一人の少女だ。よだれを垂らして寝ている彼女こそ嫉妬《しっと》の夢魔
――――魔王アーシェである。

大戦を引き起こし、数えきれない命を奪った張本人にはまったく見えない。

「アイン君を止められたのはこの子のおかげよ」

「ああ。アーシェには随分と助けられたぞ。ただ、生命力を力に変えたせいで、しばらくは目を覚

まさないだろう」

心配そうにするクローネへ、ラムザは気安く告げた。

「…………アーシェ様」

「こいつのことは気にしないでくれ。昔もこうだった。一つ仕事を終えるたびに寝たがってな。今回は大仕事だったし、いつもより少し長く眠るだけさ」

「ふふっ、そうね」

これにはアーシェが平和主義者だったというのも素直に頷《うなず》けてしまう。

クローネはアーシェに心から感謝して、彼女がすぐに目を覚ますことを祈った。

「――――王都の中はどうなっているのでしょうか」

「静かなもんさ」

「クローネさんも見てくるといいわ。でも一人は駄目。勝手知ったる王都だろうけど、案内を付けるから、彼と一緒に行ってきてね」

「そうだな。奴《やつ》が居れば怖いものはないぞ」

この二人曰《いわ》く、案内をする者は城門の向こうに居るそうだ。

クローネは別れ際に礼を言い、足早に王都へ足を踏み入れる。

…………やっぱり、覚えてる。

王都まで来るとすべてが懐かしい。

城門だって、何度くぐったことか分からない。

今では見るも無残に荒廃していても、当時の名残《なごり》があった。

「………戻ってくるなんて、思わなかった」

特に、このような境遇で。

幼い頃《ころ》は立派だと思っていたハイム城。イシュタリカの文化を知ってその意識は消え去ったが、
そのハイム城も跡形もなく崩れ去っている。

戦争の余波に加え、アインの暴走によって凄絶な光景が作り上げられていた。

「――――お待ちしておりました。クローネ様」

少し歩いたところで話しかけてきたのは一体のリビングアーマーであった。

「私はマルコ。アイン様に仕えるリビングアーマーにございます」

マルコの姿は明らかに魔物だ。

クローネにはアインが魔物の騎士を部下にしていた記憶はないが、その名と種族には覚えがあった。

「マルコ様。お初にお目にかかります。私はクローネ・オーガストと申しまして――――」

「ああっ！　なりません！　私のことはどうかマルコとお呼びください！　私はアイン様に仕える身なのです！　であれば、クローネ様からは呼び捨てにされるのが道理です！」

彼はそう言うと、クローネを先導して歩き出す。

クローネが反論をする暇もない。その執事然とした所作にクローネは惚《ほ》れ惚《ぼ》れとしてしまった。

マルコの要望はその後もつづいた。

次に口調を変えてくれと言われ、クローネは困惑しながらも口調を変えた。……変えてみたのだが、それも違うと言われ、慣れた部下に話しかけるような口調にしてみたところ、マルコは満足そうに頷いたのだ。

「クローネ様。もしよければ、少しばかり私の昔話でもいかがですか？」

「ええ。聞きたいわ」

「私がアーシェ様の居城にて任務にあたっていた以前にあったことをお話ししましょう」

「それって、旧魔王領が――――旧王都が健在だった頃のことかしら？」

彼の気持ちを慮《おもんぱか》り、旧王都と言い直す。マルコはそれを聞き上機嫌になると、声色を明るく語りはじめる。

「実はこのマルコ、お仕えする人が決まっておりました」

「アーシェ様にお仕えしていたんじゃなかったの？」

「確かに広い意味ではアーシェ様に仕え、イシュタリカに仕えておりました。ですが、主君となる方は別にいらしたのです」

クローネは、ディルの立場と同じかと納得した。彼はイシュタリカに仕え、シルヴァードの臣下でもあるが、絶対的な主君はアインなのだ。

立場を考えればシルヴァードが頂点なのだが、当事者の心ではそれは別問題である。

「それで、そのお方はどうなったの？」

「――――私がとある騒動により王都を離れられなくなり、お供をする夢は叶《かな》いませんでした。最期は仲間から聞きましたが、愛するお人の傍で息を引き取られたそうです」

消沈した声色だ。

「代わりに、私が魔王城で待つためのお言葉を遺《のこ》されました」

「言葉、って？」

マルコは当時の記憶を辿《たど》り、空を見上げた。

『もしも生まれ変われるのなら、奴らに勝てる魔王になりたい』

彼が仕えることになっていた主君はそう言い残し、この世を後にしたそうだ。

故に、マルコは魔王城でそのときを待ちつづけていた。

「魔王を待つのなら魔王城、ということだったのね」

「その通りでございます。獣のせいで記憶は薄れましたが、心の底に執念として残すことができていたのですよ。団長が下さった命令もありましたので、私はずっと魔王城で来たるべきときを待ちつづけておりました」

昔話はこれで終わり。

二人の足はやがて、朽ちたアウグスト大公邸の前で止まった。と言っても、大公邸の名残を探す方が難しい。この辺りは幸いにも暴食の世界樹の幹の端だがその生長に土地のほとんどが飲み込まれていた。

王都でも有数の大貴族にして、前当主グラーフにより栄華を極めたアウグスト家。その邸宅は見るも無残で、本邸に過去の栄華は見る影もない。

――――が、一つだけ残されていた。

彼女の運命がはじまったと言っても過言ではない、あの庭園だ。

「私がご案内できるのはここまでです」

「ありがとう。どうすればいいのか分からないけど、私はアインに話しかけてみるわ」

二人はこの言葉をきっかけに別れると、クローネは足場の悪い地面を進み、アインの根元に近づいた。

「どこから声をかけてあげればいいのかしら」

辺りに張られた太い根に手を触れて？　それとも、幹に身体《からだ》を預けながら？　あるいは樹《き》の上に登って？　残念だが、どれもぱっとしない。


迷いながら歩いていると、頭上から聞こえてきた女の子たちの声。

「すごい、すごい！」

「珍しい生き物がいる！　珍しいよ！　すごい！」

「…………はい？」

突然舞い降りた光る玉をよく見れば、中には小さな人型の生物が居た。

「私はお姉ちゃんなの！」

「…………お姉ちゃん？」

「うん！　私、この子のお姉ちゃん！」

「それでね、それでね！　私はお姉ちゃんの妹なの！　ママに頼まれたから、頑張って世界樹さまのところまで来たんだよ！」

そりゃ、姉が居て下が女性なら妹だろう。

何を言ってるんだと呆《あき》れた表情を浮かべながらクローネは頭を抱えた。

まず、彼女たちは誰《だれ》で、どういう生物なのだろう。それと、ママというのは誰だろう。

疑問に答えてくれる人は誰も居ない。仕方なく無視して歩きつづけるクローネだったが、今度は自分を追ってくるのを見て苦笑いを浮かべてしまう。

「どうして身体の外に魔石を持ってるのー？」

「えいっ！　出しちゃえ出しちゃえー！」

「あっ――――ちょ、ちょっと！　やめなさいッ！」

二つの光る玉のうち、お姉ちゃんと名乗った方がクローネの服に入り込み、小さな革袋を取り出した。

「ねぇ！　なんで？　なんで魔石を身体の外に出しても生きてるの？」

「珍しい生き物だー！」

「はぁ…………私は人間なの。変なことを言ってないで、それを返して！」

だが、この返事が気に入らなかったのだろう。

二つの光は空中で地団駄を踏み、乱暴に革袋を返して寄越《よこ》す。

「嘘つき嫌い！」

「珍しい生き物嘘つき！　世界樹さまと同じで嘘つきーッ！」

クローネは木霊《こだま》が不意に発した世界樹という言葉を受けてはっとした。

「貴女《あなた》たちはアイン……じゃなくて、世界樹さまが何処《どこ》に居るのか分かるの⁉」

といっても、見えるすべてが世界樹なのだろうが、クローネはあくまでもアインのつもりで口にした。

どうやら、それは正解だったらしい。

「分かるよー！　嘘つきの世界樹さま、あっちで寝てるの！」

「こっちだよ、こっちこっち！」

自由に飛び去っていった光を追って、クローネも急いで前に進んだ。

木の根やツタを避《よ》けて進んだクローネは、二人の案内によって目的の場所へと到着する。

そこは幹と根の境目にほど近い、浅い洞《うろ》のような大きめの空間だった。

「私たちは遊んでくるね！」

「世界樹さまは寝てるから、起こしたらダメだよ！」

「ええ、案内してくれてありがとう」

ところで――――ここは、もしかして。

「アインったら、こんなところに居たのね」

彼とクローネがはじめて会ったあの日。

オリビアと三人で行った夜の茶会。

あの日のテラス席は、いまや暴食の世界樹の幹と密接していた。

椅子と幹が同化してしまっているが、アインはその椅子に腰を下ろすような体勢で眠っており、腰下から生み出された木の根が暴食の世界樹の幹へ延びていた。

太い木の根やツタに覆われたここは、暴食の世界樹の果実の光が差し込んで、秘密基地のようでどこか幻想的な光景を演出している。クローネは足元に転がる何個ものスタークリスタルを確認すると、彼の隣の席に腰を下ろして横顔を見つめ、微笑を浮かべた。

「――アイン」

彼の額に掛かった髪を掻《か》き分《わ》けて、彼の手と自分の手を重ね合わせる。持ってきたお守りはその手の間に収めて、彼が戻ってきてくれるようにと祈りを捧《ささ》げる。
すると、二人の周りが蒼光《そうこう》のベールに包まれた。

「――さぁ、あの夜のつづきをはじめましょう」

城のバルコニーで起こった現象を思い出し、少しでもアインの力になれますようにと願い夜空を見上げる。
満天の星を見上げた彼女の横顔は、息を呑《の》む絶美を湛《たた》えていた。

暴食の世界樹 Ｉ

王の剣の力を呼び覚まして間もなく、偽りのイシュタリカ王都は消え去った。

空が砕けたかと思えば、視界に広がるすべてがあっという間に暗転した。アインは宙を漂う不思議な感覚に陥ったが、いつしか青空の下に立っていた。

ここは一面にブルーファイアローズの花畑が広がる、のどかな平原だ。

あの男は、ここに居た。

彼はたった一人で平原に立ち、アインに背を向けて待っていた。

「誰かが私の邪魔をしているようだ。私の力が弾《はじ》かれているのを感じるよ」

「なんだ。口を開いて一番に言い訳の準備か」

「そうではないんだが、まぁいいさ。――――さて、傷が癒えたとは言えないが、君の前に立てるだけの力は持ち合わせてきたつもりだよ」

男は背を向けたままつづける。

「――――あの剣の力だけが私の懸念だった」

「ああ。だと思ってた」

「しかし、見つけられなかった。私が君から奪った力の中にも見つからなくて、外に居る君の身体《からだ》の傍《そば》にある黒剣からも気配がしなかった」

そう言って振り向いてみせた顔には、苦笑いを浮かべている。

余裕を感じさせる、優雅な姿だった。

「理解したよ。あの剣の力だけは、既に君と同化していたのだとね」

「俺はお前が油断していたのかと思ってた」

「馬鹿を言わないでおくれ。私は君の意識と一つになるために、微塵《みじん》も油断なんてしていなかったとも。前にも言ったが、直接君と戦えなかったのは、私が回復していなかったからだ」

男が纏《まと》う空気が変わる。圧倒されそうになる強烈なプレッシャーを前に、アインは眉《まゆ》一つ動かすことなく構えつづけた。

「これからの戦いは、君が私と一つになるのが先か、私が君たちに倒されるのが先かのいずれかになる。——分かるだろう？　私も必死というわけだ」

「だったら、ここで終わらせる」

イシュタルを片手に、足を進めはじめたアイン。

二人の距離はまだ遠い。

「名乗りは不要かい？」

「不要だ」

「父を殺したときのように、雄々しく名乗ってもいいじゃないか」

「もう意味を成さないだろ？　互いをよく知ってるんだし」

「おや？　私は名乗ってないが」

「今までのやり取りで分からない方が嘘《うそ》になる。それに、お前の名前は俺が付けたものだ」

男が笑う。顔に清冽《せいれつ》さを漂わせるアインと違い楽しげに。

「一度ぐらい名前を呼んでくれないか」

「そのつもりだ。でないとお前と話し辛《づら》いからな」

言い終えたアインが姿を消す。

一陣の風が辺りに吹き荒れ、彼が次に現れたのは男の背後。

首筋を貫かんとした剣先から、銀光と業火が溢《あふ》れ出た。


「はじめるぞ」

首筋を狙《ねら》いすましたイシュタルに、アインがよく知る黒剣が相対した。振り向いた奴《やつ》と視線を交えながら、顔を合わせてその名を叫ぶ。

「―――暴食の世界樹ッ！」


銀と黒が合わさって、二色の魔力が渦を成した。

やがて爆《は》ぜて、ブルーファイアローズの蒼《あお》い花びらを舞い上げた。

「いい気分だよ！　やっと君に呼んでもらうことができた！」

「俺は後悔してる！　名前なんて考えなきゃよかったってなッ！」

「悲しいことを言わないでくれないか！　私たちはやがて一つになり、本当の意味で暴食の世界樹になれるのだからッ！」

剣の腕はまったくの互角。まるで自分の影を相手にしているような感覚だった。

相手が自分から生まれて進化した存在と思えばおかしくない。だとしても、黒剣を握り締めて戦っている姿には苛立《いらだ》った。

また、徐々に理解してきた。

確かに剣の腕は互角であるものの、膂力《りよりよく》などはアインの方が劣っていることに。

――――加えて。

「やはり、剣の腕だけで相手にするのは荷が重いか」

暴食の世界樹はそう言って、何もない宙から幻想の手を生み出した。それは幾本もアインを襲うが、アインはジェイルのように切り伏せる。

アインは更なる攻撃に対処しながら、冷静に様子を観察した。

（やっぱりか）

間違いない。暴食の世界樹はアインが使えた力をすべて使える。

我ながら面倒なスキル揃《ぞろ》いだと自嘲《じちよう》した。

「私は君が魔王へ進化したときに生まれた」

「ああ……そうだろうさ」

「その時から私《アイン》は魔王になった。でも勘違いしてはいけないよ。力を持っているのは私であり、私《アイン》じゃない。魔王になった私だけが、君が持っていた力のほとんどを手にしているんだ」

魔王に至るために必要だった力がすべて、暴食の世界樹の手中にあるのだと言った。

「ただ、ドライアドの力だけは奪えなかった。どうやら、君という存在と密接している力は奪えないらしい」

鳥が翼を持っているのと同じだ。

その存在と密接に関与している力は変わらない。

「ッ――俺の力を奪ったのなら、俺と一つになる必要はないはずだッ！」

氷龍の力が辺りに満ちる。

アインは肌が凍り付きそうになる冷気をイシュタルで払い、暴食の世界樹との距離を詰めた。

「いいや、それでも君と一つにならなければいけない。そうでなければ、私はすべての力を自由に使えないからね」

アインがイシュタルを振り上げた。目にもとまらぬ剣閃《けんせん》が業火を撒《ま》き散らして、幻想の手と氷龍の冷気をかき消す。

神速の一振りが暴食の世界樹の片腕に迫る。

それは、鈍い金属音を奏でて防がれた。

――デュラハンの手甲。

漆黒に染まるそれは魔力で生み出される堅牢《けんろう》な砦《とりで》だ。

でも、アインの剣を受けて一瞬で砕け散る。

「………やれやれ。その力を相手にするには荷が重いか」

暴食の世界樹は分かり切っていた様子でため息を漏らした。

対するは英雄王の力が宿った魔王必滅の剣。暴走に至った強力な魔王であれど、脅威は変わらず無視できない。

「さすが、私を生み出した男だ」

「ッ――――これで終わりじゃない！」

追撃を仕掛けるアインの剣が迫る。今度は間違いなく切り伏せられ、喉笛《のどぶえ》を貫かれると確信できる覇気が漂う。

されど、暴食の世界樹は変わらなかった。

魔王必滅の剣が前にあっても、彼の顔には確かな余裕と――――。

「最期にもう一度だけ尋ねたい」

哀れみがあった。

これから、アインにしなければならないことを考え。

結果が分かり切っていると言わんばかりの哀れみが。


「勇者よ」


漆黒の魔力が放たれ、アインが押しのけられる。顔を手で覆ったアインは勢いよく気圧《けお》されてしまい、彼我の距離が開いていった。

「私と一つになり、すべてを食らおう」

「くっ…………何のためにそれを…………ッ⁉」

「渇望さ。君が名付けたように私は暴食。いきとしいける存在をすべて食らい、この腹が満たされるか確かめたい」

「その先にあるのは無だッ！　お前は誰《だれ》も居ない世界で力を誇りたいのかッ⁉」

笑った。

暴食の世界樹がはじめて心の底から笑った。

「――――ふふっ。私は誰よりも強くあろうとしているわけじゃない。すべてを食らったその先で、この渇望が満たされるのか確かめたいだけだ」

「まさか、お前――――ッ」

「それだけのことさ。食らい尽くして孤独になろうと関係ない。その先の境地で身体《からだ》が満たされるのなら、私は喜んで孤独になる」

他の誰にも理解されないと知りながら。

暴食の世界樹は誇らしそうに語った。


「さぁ、勇者よ。私と一つになり、世界のすべてを喰《く》らい尽くそう」


漆黒の圧が止まり、一瞬だけの隙をついてアインの動きが止められた。

アインの背後が数えきれない幻想の手に覆われる。振り向かなくても、あることは分かった。一本、また一本とアインの四肢を掴《つか》む。足元のブルーファイアローズは白く凍り付き、アインの膝《ひざ》まで水晶のような氷が包み込んだ。

返事を待つ暴食の世界樹は、アインの首元に黒剣を突き付ける。

暴食の世界樹は深々とため息をついた。

「君は今まで賢明だったのに、ここで選択を誤るとは」

「ああ、昔と比べたら成長してるさ」

しかし、アインが身体から発した銀の風により、幻想の手はいとも容易《たやす》くかき消された。

足元の氷は業火に溶けて、自由になった手がイシュタルを真横に構える。

「けどさ」

もう一つ、忘れないでほしい。

「俺が意固地だってことも知ってるだろッ！」

猛《たけ》り、叫ぶ。

物悲しげな暴食の世界樹との距離を今一度詰める踏み込みは、これまでよりも更に疾《はや》く目にもとまらぬ神速だ。

問題は、その神速に軽く反応されること。

疾いだけで倒せたら苦労しないが、効果が薄いことにはアインも思わず苦笑してしまう。

アインの剣を容易く受けた世界樹は、少し機嫌を良くしたようだった。

「悪い気分じゃない。君のことを更に理解できたと思うと、言葉に表せない喜びが沸々と湧《わ》き上がって止《や》まないいんだ。――――ああ、本当に悪くない！」

「ッ――――!?」

「それにこうしてッ！　君と剣を交わせていることもッ！」

「それが………どうしたァッ！」

アインが今までに経験したことのない不思議な剣戟《けんげき》。

鏡の前で剣を振るような錯覚は変わらないが、どれもわずかに自分の上を行く。膂力も、疾さも全部だ。

「ああ、その声と顔だ！　君の中で私はたくさんの君を見てきた！　しかし、今ほど必死で、相手を憎悪している姿は見たことがないッ！」

「自覚してくれたのなら、そう振舞った甲斐《かい》があるなッ！」

「それが私をひどく惹《ひ》き付ける！　愛《いと》おしくすら思えるほどにッ！」

剣戟の勢いは増す一方。

ただしそれは、暴食の世界樹に限るという言葉を添えて。


「さぁ――――君の剣で君の身体を貫かせてくれ」


アインは体幹を崩され、ブルーファイアローズの上に片膝をついた。

向こう面。眉間《みけん》を狙《ねら》いすます黒剣の切っ先。

いつしか手足は鎖のような漆黒の木の根に縛り上げられており、逃れる余地は残されておらず。

されど、アインの双眸《そうぼう》は黒剣よりも鋭い。

「簡単に貫けると思ったか」

「期待はしてた」

「だったら、考えを改めた方がいい」

アインが持つイシュタルから。

白炎の風が舞い、瞬く間に漆黒の木の根を焼き尽くす。

暴食の世界樹の黒剣は圧に弾かれ、柄《つか》を持つ手が笑う。


「――――驕《おご》るなよ。暴食の世界樹」


身が震えた。暴食の世界樹の口元が歓喜に震えていた。

尚《なお》も立ち上がるアインから漂う覇気は衰えるどころか、増している。

「終わらせない」

「いつか終わりは来る。悲しくても、すべての事象に終わりが存在する」

「あるとすれば、お前が斃《たお》れるときだけだ」

「ああ…………本当に君は…………愛おしくてたまらないな」

剣の腕は同等。

その他は劣るとしても、物事はそう簡単ではない。

アインと戦う暴食の世界樹は骨の髄までそれを悟り、アインの猛勇に喜びながらも、彼が握るイシュタルを睥睨《へいげい》する目は素直ではなく、若干の憎しみを孕《はら》んでいた。

暴食の世界樹がはじめて面倒くさそうにしたのもつかの間のことだ。

「だが――――思いのほか悪くない状況のようだ」

彼の頬《ほお》はまたすぐに綻《ほころ》んでしまう。

一方でアインは「悪くないだって？」と動揺で顔が硬直した。

（不利なのはこいつのはず）

絶対に、確実に。

アインが呼びだした眷属《けんぞく》であるミスティたちの外での動向も監視している以上、暴食の世界樹はここでの戦いにだけ意識を集中させることはできない。

加えて、アインが今手にしているイシュタルは、魔王である世界樹にはことさら効果を発揮する剣だ。

「根拠がある自信には見えないな」

「気になるのなら周りを見るといい。世界が崩壊しているだろう？」

剣を交わしながら周囲を見渡せば、どこまでもつづいていると思っていた平原の端が暗い闇《やみ》に飲み込まれはじめていることに気が付く。

――――青空だってそうだ。

世界の終端が、悉《ことごと》く浸食されていくではないか。

「この世界は、俺に残された最後の場所なのか」

聞いた暴食の世界樹は微笑《ほほえ》んで、黒剣の切っ先をアインに向けたのである。

「確かにここは、君に残された最期の場所だ」

隠すことなく暴食の世界樹が答えた。

「あるいは、最期の時間と言ってもいい。一度私に主導権を渡したときから、君の心は徐々に失われはじめた。あの闇はそれを代弁している。あれがこの世界を覆いつくすとき、私は真の意味で君と一つになる」

「なんでもいい。お前を倒さなきゃいけないことは変わらないんだ」

アインが手をかざして白銀の風を放つ。

しかし暴食の世界樹は難なく黒剣で受け止めた。

これまでと違い力が肉薄しているようではなかった。ほんの僅《わず》かではあるが、暴食の世界樹に余裕が増している。

「私は他の誰《だれ》よりも君の強さを理解している。不屈で勇気に満《み》ち溢《あふ》れ、諦《あきら》めることを知らないということをね」

これまでが遊びということではない。

状況が変わっただけだ。

「英雄王の力も厄介だったが、それよりも厄介なのが君の心だ」

決してくじけず、諦めないアインそのものが。

「だけどもうすぐだ。私が君と一つになり、すべてを喰《く》らいつくすための旅に出るまで、もう間もなくだよ」

くじけぬアインをくじくための力があることを、言葉の端々に孕んだ自信が示唆していた。

暴食の世界樹は多くを語らなかったが、想像は付く。少なくとも、必殺の一撃だ。アインが諦めざるを得ない圧倒的な力であるはずだ。

（何をするつもりなんだ……。この世界の崩壊だけじゃない。他にも何かあるはずだ）

残された最期の場所。

この世界はアインの意識そのものとあって、世界が崩壊しきったらそのままアインの意識が死んだことを意味する。

それが、崩壊しつつある現状。

アインの力が失われるにつれて。

「俺の意思が残っているせいで使えなかった力を、少しずつ使えるようになっているのか」

「本当に愛おしいよ。私のことをどれほど理解してくれているんだい？」

「理解したくて理解しているわけじゃない。必要に迫られてだ。勘違いするな」

「些細《ささい》なことさ。私にとって重要なことは君が私を理解してくれていることだけだ。その過程なんかどうでもいい」

つくづく気に入らない言葉を口にする。

だけど、アインだってそれを気にする余裕はない。

(————これから先、力の差は開く一方ということだ)

天球が黒に染まるのを視界の端に収め、焦らぬよう落ち着いて呼吸をした。

「終わらせるぞ。暴食の世界樹」

「ああ。君と一つになってすべてを終わらせよう」

アインはまだ何とかなる。時間は残されているはず、と思いたかった。そうでなくては敗北する未来だけが近づいてしまう。

手にしたイシュタルを握る力も、踏み込む脚に込められた力も勢いを増す。

――――それを、嘲笑《あざわら》う声。

「順調だ。力が増すのを感じるよ」

暴食の世界樹は距離を取り、両手を翼のように広げた。アインが放つ銀の風と対照的な黒い風を舞い上げ、アインを気圧《けお》す。

「心地《ここち》良い感覚だ。達してしまいそうだよ」

英雄王ジェイルの力は強力だった。

暴食の世界樹を相手に優位な力を振るえた自覚があったし、自分が望む未来を得られる可能性が生まれたことに密《ひそ》かな喜びが込みあがってきたほどだ。


でも、やはり状況が変わった。

アインの世界が崩壊するにつれて、特別な力という優位が掻《か》き消《け》されつつある。

その証拠に。


「――――世界樹の魔王は宣す。君という抜け殻を食らいつくすことを」


あいつがはじめて、瞳《ひとみ》に殺意を宿した。

暴食の世界樹の黒い髪が腰近くまで伸びる。顔立ちは色気を含んだ妖《あや》しさがあるも、双眸に宿る殺意は隠しきれない。

余裕を失わずに湛《たた》えられた笑みは不敵で、纏《まと》った黒い風は猶《なお》も獰猛《どうもう》だ。

ふと、彼は忽然《こつぜん》と姿を消し。

「勇敢な君を見ているのは誇らしくもあるが」

神速を誇るアインが見逃すほど疾く、背後から現れる。

「な————ッ⁉」

「情けなくも命乞《いのちご》いをする姿も、一度ぐらい見てみたかった」

背後から聞こえた声と、つづけてアインの背を襲った灼熱《しゃくねつ》。

炎で焼かれた————わけではなかった。

「ぐっ…………あ…………！」

刃《やいば》が背を縦に切り裂いた熱だ。焼けるような痛みにアインは顔を歪《ゆが》めるも、唇をぎゅっと噛《か》みしめて弱音を飲み込んだ。

身体《からだ》をひねり、暴食の世界樹へイシュタルを下から上へ切り上げる。

だが。

魔王必滅の白銀を纏《まと》っていたのに、暴食の世界樹は避《よ》けることなく真正面で受け止めた。黒剣を持つ手は焼けただれ、真っ黒な鮮血が滴った。

だというのに、喜んでいるではないか。

「悪くない」

苦悶《くもん》するアインより僅かに背が高いところから嘲笑う。

「もっとだ。その顔を絶望に染めてくれ」

アインは身を翻し、横をすり抜け鋭い動きで剣を振り上げる。

「私は嬉《うれ》しいよ。私の抜け殻の君がそうして、自らの輝きを示してくれることがね」

相手は魔王。それも、嫉妬《しっと》の夢魔アーシェを凌駕《りょうが》する魔王。

この精神世界では最も神に等しい存在である。

「か…………はぁ…………ッ」

力の前にねじ伏せられたのはアインだ。

振り向きざまに横に薙《な》ぎ払《はら》われた、それだけの剣。

純粋な力と速さの前に、アインは防御するも衝撃により膝《ひざ》をつく。

イシュタルが纏う白銀の力はもはや、魔王必滅と言うにはほど遠く、世界の崩壊につれて弱々しい光になっている。

「驚いた」

暴食の世界樹が自らの頰《ほお》を撫《な》でて。

間もなく、暴食の世界樹は頰に灼《や》けるような熱を感じた。無表情で再び頰に手を伸ばすと、流れる黒い血液に気が付く。

「どこからその力が湧《わ》いてくるんだい？」

「はぁ…………はぁ…………ッ」

「見たまえ。この世界はもう僅かで、君が現れたときの数分の一だけだよ」

「それが――――どうした…………ッ！」

「私の力は増して、君の力は減った。それだというのに、君はどうして私に傷を付けられる？　確かに英雄王の力は私を殺す可能性を秘めていたが、今の君が弱々しければ夢でしかない」

現在の体力は幼き日のアインにも劣る。

海龍を討伐した頃《ころ》よりも、更に。

「何を支えに立っているんだ。すべてのスキルを失った君はただのアインだ。英雄王の力を借りただけの、魔王ですらない一個人に過ぎないのに、何が君を駆り立てる？」

「――――らって」

「ん？」

「――――だからって、諦める道理はないッ！」

駆使する白銀の力はどこまでも弱々しくて脆弱《ぜいじゃく》。

英雄王の剣を振るその手に握力はほぼ残されておらず、足元もふらついて頼りない。踏み込みにも力が入っていなかった。

衰えていないのは戦意と覇気だけだ。

「畏敬《いけい》の念すら覚えてしまう」

気を抜けば倒れてしまいそうなのに、対する暴食の世界樹は目の前のアインに、微塵《みじん》も油断をしている様子がなかった。

黒剣で突きの構えを見せ、踏み込んでくるアインを迎え撃つ姿勢に。

アインをわざと懐に入り込ませ、すれ違いざまに――――。

「これで終わりだ」

喉仏《のどぼとけ》を貫かんと黒剣を突き立てた――――はずだった。

「躱《かわ》しただって…………ッ!?」

「勘違いするなッ！　お前が俺から生まれた事実は変わらないッ！」

寸前で躱したアインが逆にイシュタルを突き立てる。膂力《りょりょく》不足のせいで暴食の世界樹の胸を貫くには達しなかったが、服を裂き、僅かだが柔肌《やわはだ》へ切っ先を見舞った。

さすがに、こうなると白銀の魔力が強い。

暴食の世界樹は慌てて黒剣を横に薙《な》ぎ、アインを跳ね飛ばす。

はじめて膝をついたのは、その後で。

「くっ…………」

跳ね飛ばされたアインと暴食の世界樹の二人は、奇《く》しくも似た姿勢で片膝をついていた。対照的なのは表情だ。

「言ったろ。勘違いするな、ってさ」

と、アインが豪胆に、痛みに耐えながら立ち上がる。

嘗《かつ》てこれほど抱いたことはないと自負するほどの勇気を持って。

「お前は俺から生まれた。魔王の力以外は互角なんだよ」

「だから何だと。君が私を傷つけることができた理由にはならない」

「ははっ、分からないのか」

剣の腕は互角。

今のように力関係に差が生まれているのは、アインの意思が死に近づいているからにすぎない。

だからといって、何もできないわけではなかった。

アインは暴食の世界樹に先んじて立ち上がり、イシュタルを手に構える。

「――――まさか君は、本当に」

「ああ。俺がこの戦いの中で強くなればいい。互角だったのなら、これで事足りる」

魔力も体力も奪われる一方だが、技までは奪えない。

「俺は初代陛下に貴方《あなた》を超えると言った」

そう誓ったからこそ。

「今までの俺を超えられないのなら、あの言葉が嘘《うそ》になる」

「くくっ……………ははっ…………はーっはっはっはっはっはっはっ！　そうかい！　君はこの戦いの中で自分を超え、強くなったと言うのかッ！」

暴食の世界樹が遅れて立ち上がり笑い飛ばす。

傷口はすでに癒えていて、それを見たアインは「やっぱりか」とため息交じりに呟《つぶや》いた。

「抜け殻だと言ったのは訂正しよう。魔王にすべてを奪われ空っぽになっていようと、滾《たぎ》らせた勇気は美しい」

暴食の世界樹の言葉を聞き、アインは幼かった頃、劣等な兄として廃嫡されたことを思い出す。

スキル、修練の賜物《たまもの》により毒素分解を生かして魔石から力を得られるようになったが、その力を失ったら残るものは僅かだ。

それでも――――。

踏み込む。

ただ前へと、魔王を討伐するために。

「――――俺の今までは消えていない」


再びの剣戟、再びの闘《せめ》ぎ合い。

デュラハンの力、ウパシカムイの氷だって。

躱せる。致命の一打は受けずに済む。


「俺はここに居る。奪われてしまえばただのアインだとしても、まだ消えてない」


思えば、波乱に満ちた生活ばかりだった。

海を渡り、王族になり、海龍討伐の英雄となった。大陸の各都市を回って調査をし、その中でも多くの出会いがあった。

そのすべてが、アインの貴重な財産だ。


「もう、俺の世界《すべて》を奪わせるつもりはない。そのためなら――――俺は負けない」


暴食の世界樹は身体《からだ》が震えた。

これは恐れ？　まさか、自分が？

お世辞にも流麗とは言えず、剛力を誇っているとも言えない死に体のアインに、まさか恐怖したと言うのか？

アインの身体は剣を交わすごとにぼろぼろになり鮮血を迸《ほとばし》らせる。だけど、やはり瞳に宿った光は消えることがなく、絶えず暴食の世界樹へ立ち向かう。

先ほどの恐怖は勘違いではなさそうだ。

「私を生んだだけのことはある…………そういうことか…………ッ」

新たに頬《ほお》に刻まれた傷から垂れた血が唇を撫でる。それを味わううちに、暴食の世界樹は自分が無意識のうちに後退していたことに気が付いて驚嘆した。

けどすぐに、目を見開いて口の端を緩ませる。

アインはそれに気づく余裕もなく、がむしゃらに戦った。

(急げッ！　時間がないんだッ！)

刃が届く。今までと比べて格段に。

暴食の世界樹の頬が密《ひそ》かに緩んでいることを知ったのは何合か剣を交わした後で、その顔が不気味に見えた。

「どうして他の力を使わないッ！」

不気味さから逃れるようにして尋ねると、答えはあっさり語られる。

「英雄王の力を相手にするには荷が重いからさ！」

「それなら、俺に返してくれても構わないぞッ！」

「残念だが断ろう！　使わずとも私の大切な力だ！　それに、何らかの間違いがあって吸収でもされたら面倒だからねッ！」

「ッ…………少しぐらい、油断してみせろよ！」

「勘弁してくれ――――。出し惜しみをして勝てるほど、君という存在が甘くないことは他の誰《だれ》よりも分かっている！　私は愚かではないからねッ！」

「愚かな願いを語ったその口で、よく自分はそうじゃないって言えるもんだッ！」

「ははっ！　本能が罪と言うのなら、知恵のない獣は存在するだけで罪になってしまうなッ！」

アインは戦いに没頭するあまり、気が付けていなかった。

漆黒に飲み込まれつつある天球に、縁が揺れて輝く、日食を思わせる巨大な光球が浮かんでいることに。

「なにが罪で、なにが正義かを議論するつもりはないッ！」

交わされる剣の腕が遂《つい》に、互角ではなくなった。戦いの中で暴食の世界樹の動きを見切り、焼きれそうなぐらい脳を酷使したアインの技量が勝りはじめた。

「お前が俺の大好きな世界を奪うと言うのなら、俺はそれを止めるだけだッ！」

ふと、世界が揺れた。

青空に覆われていた天球が崩れて黒に染まり、大気が暑いのか寒いのか分からない、表現し難い重苦しさに浸食されていた。

と同時に、これまで黒剣で相対していた暴食の世界樹がアインと距離を取る。

アインの身体に残された力は残り僅《わず》か。今までも気持ちで戦っていたと言えるほどで、気を抜いたら一瞬で斃《たお》れることは必至。でも止められない。

「え――――？」

不意に膝から、地べたに。

アインはブルーファイアローズの花びらの上にすとん、と力なく膝をついた。

棘《とげ》が太もも付近を刺し、皮膚にめり込む。この痛みは大したことない。問題なのは全身から力が抜けてしまったことだ。

数秒もすれば立ち上がれたが、全身の感覚が鈍い。


「――――やっとだ」


暴食の世界樹が両腕を広げて大げさに言った。

対するアインは身体の重さに苛立《いらだ》ちながら、なんとかして指先に力を込める。

イシュタルを握る指先は赤子のように弱々しい。

まさか、もう――――ッ。

「ようやくだ。待ちわびたよ」

まばたきをすることすら億劫《おっくう》なほど身体が重かった。目に見える世界がぐらっと揺らぐ。

「まだ…………まだだ…………ッ！」

「もう、十分だ」

仄《ほの》かに残されていた青空は完全に浸食されきって、黒一色に染まっている。

その黒い空の中にある、巨大な光球。

アインは遂に、その存在に気が付いた。

光球は黒い空よりも昏《くら》い光を湛《たた》えていた。縁で揺らぐ白い陽炎《かげろう》からは、アインが感じたことのない濃密な魔力を感じる。

それはアインに許された時間が尽きるまで、もう間もなくであることを示す。

「喜びたまえ。君が君で居られる時は終焉《しゅうえん》を迎え、私と一つになる時がやってきたんだ」

辺りの地面からこぶし大の光が浮かび上がり、黒い光球へ飛翔《ひしょう》していく。

腐り果て、横たわったブルーファイアローズが痛々しい。

「これは手向けだ。今から消えてしまう君へ贈る、最期のね」

暴食の世界樹の瞳《ひとみ》の中に、更に多くの瞳が蠢《うごめ》いた。

身の毛がよだつ畏《おそ》れ。

「我が暴食を。我が渇きをお見せしよう」

アインは無意識のうちにイシュタルを抜き去って、身体に鞭《むち》を打ち暴食の世界樹の喉仏へと突き立てる。

それは、一切の抵抗もなしに突き刺さった。

（…………こいつ）

わざと躱さなかった。

漆黒の鮮血が舞う。

研ぎ澄まされた感覚は髪の毛が擦れる音ですら聞こえ、吐息がうるさく感じるほど。乱れた呼吸を整えながら、アインは静かになった暴食の世界樹を睨《にら》んでいた。

イシュタルに宿る力が魔王を殺さんと煌《きら》めくが、暴食の世界樹の様子は穏やか。

「さぁ、最期の時だ」

傍に居るアインを抱き寄せて囁《ささや》く、世界樹の魔王。

「お前、何を………ッ⁉」

抱き寄せることで剣先が余計に深く突き刺さる。

暴食の世界樹の口元からは黒い血液が漏れ出すし、普通であれば致命の一打であることは明白なのだが、拭《ぬぐ》いきれない不気味さが心を揺さぶる。

そして、距離を取ろうにも、抱擁する腕が強くて逃れられない。

「この力はまだここでしか使えない。どうしてかって？　理由は簡単さ。君が私と一つになることを拒んでいたからだ」

「馬鹿なことを言うなッ！　俺はまだ――――ッ」

「まだ抵抗している、と言いたいのかな」

けれど。

「諦《あきら》めたまえ。今の君には、私を拒めるだけの力が残されていない」

心では抵抗していてももう無意味な段階までやってきていた。

暴食の世界樹はノドを貫かれているのにもかかわらず流暢《りゅうちょう》に語り、声にも熱がこもる。

「詠《うた》おう。これが君の身体《からだ》から生まれた世界樹の力だ」

大聖堂で奏でられるような、神秘的な賛美歌。

耳がおかしくなったのかと思わせるような、鍵盤《けんばん》楽器の音が世界中に反響した。

「我が腕の中で祝福に浸り、永久の眠りにつくといい」

最愛の妻を抱きしめるが如《ごと》く熱い抱擁。

獲物を逃がすまいとする力任せの抱擁。

「やめ……ろ……ッ！　俺は、お前と心中するつもりは――――ッ」

「心中なんかじゃないさ。私たちは一つになるだけだ」

二人は対照的な表情と態度で立ちすくむ。

音色により、漆黒の光球にヒビが入る。


「――――降り注げ。我が祝福よ」


煌《こう》々《こう》と、しかし昏く。

漆黒の光球に集った力のすべてが割れ目から放散。

天を穿《うが》ち、地を抉《えぐ》る黒い光芒《こうぼう》。

螺旋《らせん》を描き、花々を舞い上げる。

触れられざるモノであることは言うに及ばず。在るモノはすべて渇き、身体中が黒々と萎《しぼ》み変わり果てる。


やがて――――

トンッ、と。

抱擁から解放されたアインが、黒く枯れ果てたブルーファイアローズの上へ。

英雄王の剣も変わり果て、何百年も晒《さら》されつづけた鈍《なまく》らのように。アインの隣の地面に落ちていた。

「永久の眠りに。これからは私と共に飢えを満たそう」

物言わず、指先一つ動かぬアイン。

他に生気を感じられる存在はたった一つ。彼の足元に居たおかげで死を逃れた、一輪のゾルーフアイアローズだけだった。

暴食の世界樹　Ⅱ

シルヴァードは謁見《えつけん》の間に居た。

ここの一角からはハイムの方角を望めるとあって、彼は玉座には座らず、窓の傍《そば》でじっと佇《たたず》んでいた。

そんな彼は彼方《かなた》の空が妖《あや》しく光ったのを見て、全身に戦慄《せんりつ》が奔《はし》る感覚を覚えた。

「――――漆黒の太陽」

イシュタリカ王都の空を漂っていた雲も引き寄せられていくその先は、紫水晶越しに見る光のよう。闇《やみ》の夜中でも、格別の存在感だ。

何事だ。アインの身に何が？

勿論《もちろん》、クローネの身も案じていたが、得体のしれぬ存在を見て首筋がヒヤっと冷たくなった。

それから数分後のことだ。

「陛下ッ！　火急の用のためお許しをッ！」

謁見の間の扉をノックすることもなく入ってきたロイドへと、シルヴァードは嫌な顔一つせずに「構わぬ」と返した。

顔は依然として窓の外、ハイムの方角に広がる空に向けられている。

「ご覧になっておいでてしたか」

「気が付かぬはずがなかろう」

すると、ロイドがシルヴァードの傍で膝《ひざ》を折る。

「先の戦いの後で帰還していた戦艦群については、既に再度沖に向かわせております」

「余の船はなんとした」

「まだ港に」

「であれば余の船も向かわせよ。残すのはプリンセス・オリビアだけで――――」

言い終えるより先に、視界の中に異変を映す。

ハイムの空に現れた漆黒の太陽にヒビが入り、ナニカが世界を覗《のぞ》き込んだのを、シルヴァードは見逃さなかった。

「ッ――――なん、なのだ…………アレは…………⁉」

こんなにも遠くに居るはずなのに、分かってしまった。

感情が垣間《かいま》見えない無機質な瞳が、視線が重なったところで、楽しそうに笑ったように見えたのだ。

◇　◇　◇

クローネが居た場所も状況が一変していた。

周りを取り囲むように花の魔物と、木の根にツタ。魔力の果実も幾度となく降り注ぎながら爆《は》ぜて、彼女の命を奪おうとしていた。

だけど奪われていないのは、蒼光《そうこう》のベールのおかげだ。これが暴食の世界樹の攻撃を遮る結界となり、完全なる覚醒《かくせい》を止める最後の砦《とりで》となっていた。

「…………」

彼の頬《ほお》を撫《な》でる指先は小刻みに震えていた。

死ぬことが怖いわけではない。何が怖いかは言いたくないし、心の中で再確認することも絶対に嫌だった。

…………今日ほど、自分が利口であることを呪《のろ》った日はない気がした。

『ハッ――――ハァッ――――ハァ――――ッ！』

『アハハァッ…………ヒッヒィッ！』

『ハフッ、ハフッ――――フゥゥゥウウウ――――』

蒼光のベールの外から届く声。滴る涎《よだれ》が障壁の天球を伝い落ちていく。

…………アイン？

少しずつ、彼の身体《からだ》が冷たくなってきた気がする。

顔が震えた。唇の感覚が鈍くなって、目元が熱さに襲われる。

アインの頬を撫でる指先に涙が滴っていく中で、彼の身体を温めようと思い抱き寄せる。こうしていると、殊更感じてしまう。

彼の体温が下がっていくさまを痛いぐらい感じてしまう。

――――その様子を、今まさに駆け付けた三人が目にして胸を痛めた。

でも一行は、ある一つの可能性を感じて蒼光のベールに近づく。暴食の世界樹が邪魔をしてきたが、僅《わず》かに回復した力を振り絞ってそれを退けた。

「お二人とも。どうやら我らがすべきは、クローネ様を遠ざけることではなさそうですッ！」

「そのようだが――――ミスティ。これも想定のうちだったのか？」

「そんなはずないじゃないッ！　分かっていたら、あの娘ありきで作戦を立てたに決まってるでしょッ！」

片やクローネは三人の来訪に気が付いていなかった。

生まれてこの方経験のない焦りに苛《さいな》まれ、視線はアインの顔にだけ、正確には五感すべてをアインだけに向けている。

……………他の誰かに言われなくても分かってる。

さっきから暴食の世界樹の様子がおかしいぐらい活気だっていることもあって、アインに何が起こったのか、容易に察しが付いた。

「アイン……………お願い」

クローネの紫水晶《アメジスト》の瞳から、涙がとめどなく流れ出る。

目元が赤く腫《は》れぼったくなるまで拭っても、拭っても拭っても止まらない。

「もう絶対に勿体《もったい》ぶったりしないから……………っ！　絶対に絶対に、今度からはちゃんと……………ずっと素直になるから……………っ！」

はじめて縋《すが》った。生まれてこの方、誰《だれ》にも縋ったことはないのに。

泣きはらしながらアインの顔を強く抱きしめ、頬を寄せた。

「ねぇ…………起きてよぉ…………っ」

悲痛な声に応《こた》えるのはアインではない。

蒼光のベールにひびが入る。すべての猛威が彼女を守る三人の隙をついて命を奪わんと襲い掛かってくる。

しかし泣いていたクローネは恐れず、涙を流しながら鋭い視線を向けた。

絶対に、彼を食い散らかさせてやるものか、と。

◇　◇　◇

両手が歓喜に震えていた暴食の世界樹は、柔らかな笑みを浮かべている。

物言わぬ身体と化したアインに「これが一つになることだ」と述べ、完全なる崩壊を迎える寸前の世界を見渡した。

アイン本体の意思はもう倒れた。この世界もすぐに消え去るだろう。

そのはずだったのに。

「何故《なぜ》だ」

不可解だと表情に浮かべ、世界の端を見つめる。

ブルーファイアローズは余すことなく枯れ果てている。勝負は確実についている。

「彼は死んだはずなのに、どうしてこの世界は消え去らない」

考えても考えても答えが見つからない。訳も分からず暴食の世界樹は振り返り、倒れたアインに目を向けた。

「まさか、まだ」

まだ死んでいないのか？

「……がふっ……ぐっ……ぁ……」

答え代わりの咳《せ》き込みと、痛みに耐える声。

身体は……動かない。

（まだ、だ）

目を開けることも叶《かな》わなくて、自分がどうなっているのかも分からない。でもまだ、アインは死んでいなかった。

「――――驚嘆の一言では済まされない。先ほどの力を外で放てば、この大陸ごと消滅させられたというのに。たった一人、君を殺しきれないとは思わなかった」

指先を動かそうと試みるも、駄目だ。

暴食の世界樹が近づいて来る音、それがアインを焦らせるが動かせない。

全身は黒く変色しているが、これは焦げているのではない。呪われて、暴食の世界樹の魔力に浸食されていたのだ。

（動けよ…………動いてくれ）

願ううちに、暴食の世界樹が傍に立った。

黒剣を逆手に持ち、アインの額を狙《ねら》いすます。

「君の心の強さには誇らしさすら覚えたよ」

動くことは叶わず、軽口を叩《たた》くこともできない。

もう、死を待つだけの身体のはずだったのに。


『ねぇ……起きてよぉ………っ』


真っ暗闇《くらやみ》に覆われた空から、彼女の声が届いたのだ。

暴食の世界樹は目を見開き手を止めると、声がした空を見上げた。

(傍に居るのかな)

あり得ないと思いながら、今の声を幻聴と一蹴《いっしゅう》することもできなかった。

できるならそれだけでも確かめたい。

目を開けて隣を見て、もしも彼女がそこに居たら、こんな危ないところに来たことを叱責しないと。

――身体が動けば、まだ戦えたのに。

指先はおろか、まばたきだって自分の意思ではできない現状、すべては絵空事に過ぎない。

「敬意を表して、君たちを遠ざけることはしないと約束しよう」

逆手に構えられた黒剣の切っ先。

それがアインの首元を狙いすまし、一直線に振り下ろされたところで――。

「なん、だ……その光は……ッ!?」

黒剣の切っ先が、アインを包み込む蒼光のベールに弾《はじ》かれたのだ。

ただ、すぐに砕け散った。

アインの身体《からだ》が貫かれるのを一度だけ守って、すぐに。だけどそのまま消えたわけではなく、蒼光の欠片《かけら》がアインの身体に溶け込んでいった。

「何が起こって————いや、気にする必要はない」

気にするな、彼を殺せばいい。

守るものがなくなったのだから、もう一度剣を振り下ろせば終わる話だ。

驚きに止まっていた手を動かして今一度————アインの首筋に黒剣を突き立てる。しかし今度は、自身の身体が銀光の風に弾かれる。

(温かい)

指先からアインの身体全身に温かさが駆け巡った。肌には血色が戻っていき、傷も癒え、正しい呼吸を繰り返す。

頭の中に「まだ、戦える」という言葉が浮かび上がった。

恐る恐る手を伸ばすと、変わり果てたイシュタルを強く掴《つか》みとれた。

「俺は————」

後退した暴食の世界樹を気にせず上半身を起こし、イシュタルを杖《つえ》に立ち上がったところでイシュタルの剣身がひび割れ、銀光を放つ。

変わり果てていた刃《やいば》はあっという間に元の輝きを取り戻し、銀光を湛《たた》えて煌いた。

「まだ————」

全身に纏《まと》うは英雄王に劣らぬ覇気。

空を覆う漆黒も、世界の終端を覆う漆黒も、その光と風に押し返された。

「俺はまだ――――戦える」

「……君がどこから活力を得たのかは気になるが、依然として君の終わりは近い」

「関係ない。この世界が崩壊しきる前にお前を倒せばいいだけのことだ」

放たれる覇気と強い意志を前に、暴食の世界樹が眉《まゆ》をひそめた。

焦る必要はない。闇《やみ》は再びこの世界を覆いだしている。時間を稼ぐだけでいいし、先ほどの攻撃だってまだ放つことは可能だ。

彼が息を吹き返したところで、勝利は揺るがない。

その自信を、世界樹は改めて口に出す。

「いいさ、いくらでも祝福してあげよう」

またあの音を響かせるのか。

漆黒の光球が宙に生まれたのを見て、アインが腰を低くして踏み込んだ。

駆けたアインが斬撃を放つと、先ほどと状況が一変する。


一振り目、暴食の世界樹は余裕綽々《ゆうしゃくしゃく》に受け止めるが、すぐに表情が一変する。

二振り目、今度は受け止めることなく避《よ》け、距離を取った。

三振り目、もはや、アインの剣から逃げまどっているようにしか見えない。


「分からない。どこからこれほどの力を――――ッ」

ほぼ崩壊したアインの世界は、そのままアインに残された体力だ。今だって、空は晴れたけど崩壊した場所は変わらず暗闇に覆われたままだ。

それでも、アインの動きは戦いはじめよりも苛烈《かれつ》。

息を吹き返したどころではない。大霊廟《れいびょう》でジェイルと戦ったときよりも更に、膂力《りょりょく》も疾《はや》さも段違いの実力を誇っていた。

「君は本当にあの男を超えるつもりなのか」

「ああッ！　俺は初代陛下を超えて、今ここでお前を倒すッ！」

身体から蒼《あお》く光る魔力が溢《あふ》れ出ていく。アインの腕がイシュタルを振る動きに従い、幻想的な残像をいくつも作り出し、彼の身体を後押しする。合わさった銀光の魔力は、暴食の世界樹の身体に癒えない傷をいくつも刻んだ。


――――魔王必滅の力が、蘇《よみがえ》った。


暴食の世界樹に力の大部分を奪われていたアインに扱いきれていなかった英雄王の力が、ジェイルが使うのと同じ――――いや、それ以上の特効で暴食の世界樹を追い詰める。

掠《かす》るだけ、近くに居るだけ。

これだけで魔力がかき消されるような感覚に呼吸が乱れる。

流麗な足さばきでイシュタルの一振りを躱《かわ》しても、気が付くと新たな傷が。

「見切れていないとでも言うのか――――ッ⁉」

蒼い残像。

注意深く観察すれば分かった。

目で追い切れていない、と。

天を仰ぎ見る目は焦りに侵され、漆黒の光球が膨張しきっていない事実に舌を打つ。

一振り、また一振りと追い詰めるアイン。

「冗談にしては面白くないッ！」

「冗談？　俺は本気だッ！」

「くっ――――なおのこと気に障るッ！　君は何度立ち上がるというんだッ⁉　私は幾度その身体を切ればいいッ！」

「何度だって立ち上がってやるッ！　お前が倒れるまで、俺は諦《あきら》めないッ！」

「ああ、それが一番気に障るということを分かってほしいものだッ！」

そうして、時が来た。

漆黒の光球に力が満ち溢れ、膨張する。

讃美歌《さんびか》の音色が響き渡り、アインの顔に緊張が走る。

「私だって、諦めるつもりはないッ！」

本能的な飢えを満たすには一つにならねば。

欲するのは何者にも勝る暴力――――。

世界を喰《く》らうそのためにも、力が要る。

「再びの祝福を君にッ！」

暴食の世界樹が両手を広げ、天高く掲げながら宙に飛び去る。

漆黒の球体がひび割れ、あの光が放たれた。

「今度こそ終わりを迎えるといいッ！」

迎え打つアインはイシュタルを片手に立っていた。

さっきとは違う。身体《からだ》に力が満ち溢れている。

アインはイシュタルを上段に構え――――。


「はぁぁぁあああああああああ――――ッ！」


漆黒の光芒《こうぼう》が身体に届く直前、咆哮《ほうこう》と共に振り下ろす。

銀光の風が旋風に。

猛然たる烈火が剣身から風に乗り、漆黒の光芒に相対する。


「ぐぅう…………あぁ…………ッ！」


呪《のろ》いをもたらす暴食の世界樹の力は、今度は大地までは届かなかった。

振り下ろされるイシュタルと拮抗《きっこう》して、光芒がアインの面前で遮られる。

「馬鹿な――――あり得ないッ！」

「お前の目に見える光景は何だッ！　あり得ないのなら、俺はもう…………ここに居ないッ！」

曰《いわ》く、大陸を滅ぼせる力の塊。

それだけの脅威を一個人、アイン一人に向けるという異常がこの場においては正しかった。受け止めたアインがそれを証明していた。

暴食の世界樹は決して油断していたわけじゃないのだと。

「はは……はっはっはっはっ！　見事だよ！」

顔に僅《わず》かな安堵《あんど》を滲《にじ》ませた暴食の世界樹が。

傲慢《ごうまん》にもアインの頭上から。

「ただ、残念だが足りないようだねッ！」

世界樹が安堵を滲ませる一方で、アインの身体がじりじりと後退していく。

せめぎ合う銀光も押され、そして遂《つい》に――――。

「ぐぅっ……ッ……あああああッ！」

全身に奔った衝撃により、肺から空気が一瞬で抜けた。

かき消しきれなかった呪いが身体に触れた。身体のいたるところが黒く変色していく。整った顔立ちもあっという間に黒く染め上げられたが、イシュタルから溢れ出る銀の魔力が瞬く間に浄化していく。

「ッ……はぁ……はぁ……」

「ッ…………耐えた、だって？」

アインは片膝《かたひざ》をついてイシュタルを支えにしている。辛《つら》そうだが、逆に言えばそれぐらいだ。

力を取り戻したというのは語弊があるかもしれない。スキルは依然として使えないから、力の大部分がまだ暴食の世界樹の支配下にあると分かる。

（でも、関係ない）

戦える、この言葉に嘘《うそ》はない。

他に大切なことはないと言えるぐらい。

「しかし、するべきことは変わらない。私は何度でも君を祝福しようッ！　君が起き上がらなくなるまで、何度だって抱擁するッ！」

「俺だって、何度だって立ち上がってやるさ」

アインは先ほどの攻撃に耐えられたが、かなりの消耗をした自覚がある。あくまでも隠しているだけで余裕は皆無だ。

片や暴食の世界樹はどうだ。

息を吹き返したアインに驚き、焦りはしたものの。

（あいつはまだ余裕がある）

どうにかして活路を見出《みいだ》さなければ、と頭を働かせたところへ、チクッと。地についていた手に痛みを感じた。顔を向けると、そこにあったのは一輪のブルーファイアローズだ。

（あの光から逃れていたのか）

暴食の世界樹の力に命を奪われることなく、美しい輝きをアインに向けていた。

こんなときなのに、つい笑みが零《こぼ》れてしまう。

花弁を撫《な》でてみると、ブルーファイアローズの花の下で何かが光る。

手を伸ばすと、落ちていたのは淡い蒼色の魔石。初代国王妃ラビオラの魔石であった。

◇　◇　◇

彼に寄り添っていたクローネの胸が不意に早鐘を打った。

ふっ、と。

彼の指先が弱々しく動いたのを見たからだ。

アインの指先が確かに力を取り戻して手と手の間に挟んで持っていたお守りの魔石を握り、クローネと指先を絡め合わせた。

「それ、お守りなんですって」

柔和な笑みで語り掛ける。

でも、瞼《まぶた》の端からは涙が零れ、頬《ほお》を濡《ぬ》らしていく。

「私、今すごく嬉《うれ》しいの」

少しだけ動いた指先をさすりながら。

「こうして、思い出の場所で一緒に居ることがすごく、すごく嬉しい。――――でも」

それだけでは駄目なのだ。

「でも、アインが起きてくれたら、もっともっと嬉しくなれると思う」

耐え切れず、涙が彼の手の甲に落ちた。

自分よりアインの方が辛いなんて分かっていたのに、想《おも》いを吐露してしまうのは止められない。

「……お人好《ひとよ》しな男の子で、少し奥手」

アインはそういう少年だった。

「……それに、ときどき楽観的で無計画」

でも。

「――私の気持ちを鷲掴《わしづか》む、この世で誰《だれ》よりもわるい人《愛しい人》」

クローネはアインと過ごした時間を愛《め》で、彼の頬を優しく撫でる。

「全部一人で終わらせようとしたのは分かってるわ。でも、私はアインを一人になんてさせてあげないんだからね」

目を閉じた彼を見つめ、言い終えた。

すると、思い違いではない。

彼の指は不意に、クローネの手を握り返したのである。

◇◇◇

ラビオラの魔石を手にして、懐にしまい込んでいるところへ。

『全部一人で終わらせようとしたのは分かってるわ。でも、私はアインを一人になんてさせてあげないんだからね』

頭の中に、最愛の人の声が届いた。

『――危ないって怒っても知らないんだから。帰って来てくれるまでここに居るからね』

震えるクローネの悲しげな声が、アインの心を強く揺さぶった。

ラビオラの魔石を握り締めて立ち上がると、懐にしまい込んで呼吸を整える。
「暴食の世界樹。悪いけど、一秒でも早くお前を倒さなきゃいけなくなった」
忘れてはならないのは、時間を使われたら敗北一直線であることだ。
そのとき、懐に収めたラビオラの魔石が輝いた。
輝きに照らされたアインは、自分の身体に力が流れ込んできたのを感じた。

――急にどうして。

――俺が吸収したわけじゃないのに。

アインが幼かった頃のように、生存本能に従って無意識に吸収を発動させた可能性は捨て切れない。

――それとも、偶然？

クローネが持ってきたという偶然の産物である。
別にこれ自体は不思議じゃなかった。
と、アインが納得しかけたところで、ラビオラの魔石が大きく脈動した。

――今のは、一体？

覚えているのは、これが吸いかけの魔石であること。

エルフ族の長《おさ》から預かってすぐ、無意識に吸収を発動してしまった記憶はあるが、ラビオラの魔石には多くの魔力が残り、美しい蒼色のままだった。

今のようにアインが動けるようになったのは、その蒼色の魔力のおかげだ。

そのことを思い出していると、今度はイシュタルの輝きが視界の端で煌いた。ラビオラの夫たる、ジェイルが手にしていた剣だ。


――――これって。


初代国王とその王妃。

二人の力がここに来て合わさる、御伽噺《おとぎばなし》のような話が、アインの脳裏に浮かんだ。

「まさか」

「まさか、なんだい？」

暴食の世界樹が小首を傾《かし》げつつ苛烈《かれつ》な攻撃をつづける。

数多《あまた》の幻想の手、氷龍の冷気。

ドライアドの力も根も絶えずアインを襲ったというのに、彼は半ば呆然《ぼうぜん》とした面持ちですべてをあっさり切り伏せる。

――失敗したら死ぬかもしれない。

――そもそも、使えなかったらどうするんだ。

――いや、考えている場合じゃないだろ。


脳裏を掠《かす》めた数多の言葉。自問自答。

結論はすぐに。

アインがイシュタルを持つ手を下ろした。

「諦《あきら》めた、のかい？」

暴食の世界樹が片目を眇《すが》める。

片手を伸ばし、広げた手のひらを冷酷に向ける。

「くだらない幕切れだ」

がっかりした声と共に。

「君と一つになることを望んではいたし、抵抗に苛立《いらだ》っていたことも事実だ」

再度、暴食の世界樹の背から現れた数多の幻想の手。

一切がアインの身体目掛け、命を刈り取らんとする。

「だがこうして、無気力な姿を見せられるとは――」

失望したよ。

つづけて言おうとした。

が、絶句する。

「――――見せられるとは、なんだ？」


幻想の手が悉《ことごと》く消滅したのである。

決してイシュタルに切り伏せられたわけじゃない。アインの面前に到達してから、前触れなしに光の粒子になって消えたのだ。

「君はただの非力なアインに戻ったはずだッ！　どうして私の攻撃をかき消せたんだッ⁉」

「確かにそうだ。俺はただのアインで、非力なアインで間違いない。だけど分かるだろ。俺にだって、まだ残されているスキルがあったんだ」

魔王化するまでに吸収したスキルは、すべて暴食の世界樹のものとなっている。だが一つだけ、魔王化したあとに得たスキルがあった。

そんなのは暴食の世界樹だって知っていたはずだったが、世界樹もアインも、戦闘には向かないと割り切って、すぐに意識から外してしまっていた。

「面白くない戯言《ざれごと》だ――――ッ！」

幻想の手が再度勢いを増してアインに向かっていくも、同じ結末を迎えてしまう。

アインはゆっくりと深呼吸を繰り返す。

遠い彼方《かなた》、この世界の外。

白銀を愛する祖国を想《おも》って、立ち向かう。

「いいだろう――――ッ！　私が持つこの剣で、君の身体を貫くとしようッ！」

暴食の世界樹はやがて、訳も分からぬままスキルを使うことを放棄した。

黒剣を手に、圧倒的なまでの力を行使すればいいだけの話だ。

(歴史を繰り返してしまった俺は、責任を取らなきゃいけないんだ)

対するアインは肉薄する黒剣を前にして、異常なほどの冷静さを保つ。

「――――俺はイシュタリカの白銀を継ぐ者として、この因果に終止符を打つッ！」

剣が重なり漆黒と銀光が辺りに飛び交うと、競り合いに勝ったのはアインだ。

銀光は漆黒に勝り、この世界を囲む黒を更に消し去った。差し込む陽光は更に増し、まるで朝が来たかのよう。

「どうしてそれほどの力をッ！」

アインは何一つ力を取り戻していない。

その証拠に動きの速さも、膂力《りょりょく》だってつい数十秒前までと変わっていない。にもかかわらず、力の差はいつしか伯仲し、遂には覆った。

「力も！　疾さも！　私を灼《や》く白銀もそうだッ！」

「まだ分からないのか！　暴食の世界樹ッ！」

「くくっ――――ああ分からないともッ！　無力だった君に戻ったはずなのに…………いくら英王の力を借りているとはいえ、この私に匹敵するはずはなかったッ！」

振り上げられたイシュタルを見た暴食の世界樹は、険しい目つきで黒剣を構え。

「今度こそ真正面から受け止める。ねじ伏せよう――――勇者の力をッ！」

「…………さっきから思ってた。一言言ってやりたいってッ！」

漲《みなぎ》る銀光。征服せんとする漆黒。

「間違えるなッ！　俺は勇者じゃないッ！」

剣と剣が交錯する。


「俺は魔王だッ！　英雄王を超える――――ただ一人の魔王だッ！」


真正面からの鬩《せめ》ぎ合いは伯仲した。

暴食の世界樹はアインの魔力に灼かれるが、アインだって、暴食の世界樹が放つ魔力に全身を呪《のろ》われていく。

重なり合った白銀と漆黒。

漆黒は圧《お》され、白銀が勝りはじめる。

暴食の世界樹は眉《まゆ》をひそめ、デュラハンの鎧《よろい》を纏《まと》おうと試みたが――――。

「なぜだ…………どうして現れないッ⁉」

纏えない。それどころか、召喚できる気配すら皆無だった。

アインはその隙を逃さない。

「はぁああああああ――――ッ！」

手にしたイシュタルで暴食の世界樹の肩口を切りつける。

深く刻み込まれた傷口から漏れだした黒い鮮血は地面を濡《ぬ》らし、遂に、暴食の世界樹に膝《ひざ》をつかせた。

「君の力はいったいどこから――――ッ」

考えはじめた暴食の世界樹の脳裏を、ついさっきアインが口にしたセリフがよぎった。

『確かにそうだ。俺はただのアインで、非力なアインで間違いない。だけど分かるだろ。俺にだって、まだ残されているスキルがあったんだ』

ハッとした。

一瞬ありえないと思ったが、一蹴《いっしゅう》できない説得力を見出《みいだ》した。

「君は確かに覚醒《かくせい》した。しかしそれだけではないというのか」

暴食の世界樹は迫るアインの追撃を前に、膝をついたまま黒剣を構えて防御の姿勢を取る。

二人の剣が重なり衝撃波が辺りを駆け巡ったところで、暴食の世界樹は自らが至った答えを述べる。

「私自身も弱くなっていた――――故に君から奪った力を使えないッ！　そうなのだなッ⁉」

尋ねられたアインは答えず、ただ勝気に笑って返した。

「くっ……馬鹿なッ！　君はこのような茶番にすべてを賭《か》けたと言うのかッ⁉」

「ああ、確かに分の悪い賭けだった！　けど俺はその賭けに勝った！　弱体化がお前にも効いたのがその証明だッ！」

そう、アインに残されていた最後のスキルは〝弱体化〟だ。これは初代国王妃ラビオラの魔石から得たスキルである。

「ここが俺の心の中にある世界だったからなのか、俺とお前の間に切っても切れない縁があったたからなのかは分からないッ！　けど、お前にも影響があったならなんでもいいッ！」

弱体化はアインが以前確かめた際、自分の身体にしか作用しないことが分かっている。それが自分と繋《つな》がりのある暴食の世界樹に作用するか、すべては文字通り命懸けの賭けだったのだ。

失敗すれば自分が弱体化するだけで、まさに自殺行為に過ぎない。

これは、アインと暴食の世界樹の間にどれほどの縁があるかに懸かっていた。

けれど忘れてはならないのは、アイン自身も弱体化の影響を受けるということだ。そうなってしまえば、今のように戦うことは不可能なはずだったのだが……。

「忌々しいな……その英雄王の力がッ！」

アインが戦いを優位に進められていたのは、英雄王ジェイルの力によるものだ。

これはアインの力ではないため、彼の身体《からだ》が弱体化されても関係ない。

つまり、弱体化が暴食の世界樹にも影響することにより、英雄王ジェイルの力を持つアインが暴食の世界樹を上回ることができたのだ。

(俺はジェイル陛下とラビオラ様の力を借りて、ここに立っている――――ッ！)

二人の力が合わさることを、御伽噺のようだと思った。

それが現実となった今、アインの心は経験したことがないほど猛《たけ》っている。

「これで終わりだ……ッ！」

「な――――ッ」

暴食の世界樹はアインを見失った。

次にアインを見たのは、懐に入り込んだアインがイシュタルを振り上げる直前である。

「斃《たお》れろ――――暴食の世界樹ッ！」

アインはイシュタルを振り上げざまに、それを受け止めるべく構えられた黒剣を砕き――――そして、その先にある暴食の世界樹の胸元を貫いた。

漆黒の鮮血がイシュタルを伝い、アインの手と地面に滴り落ちていく。


暴食の世界樹は嘆息を漏らし、空を見上げる。

「――――望みが絶たれるというのは、こういう気分なのか」

暴食の世界樹は身体の節々が魔力の粒と化しはじめたのに気が付き、諦めた様子でこう言った。

それを聞いたアインは追撃を仕掛けなかった。

息をつく暇もなかった鮮烈な剣戟《けんげき》は、もう終わりを迎えたのだ。

暴食の世界樹から感じる魔力はほぼ皆無。勝利を確信したアインは一歩下がって口を開く。

「俺の勝ちだ」

「…………いいや。残念だがそれは間違えている」

アインは背中に冷たい空気が伝うのを感じた。

暴食の世界樹が浮かべた仮面のような笑みを見ていると、理屈では言い表せない底気味の悪さを覚えてしまう。

「悲しいが、この戦いに勝者は居ない」

「……何が言いたい」

「言葉通りに受け取ってくれたまえ。ああいや、この戦いの勝者は間違いなく君だ。それは誇ってくれて構わないのだが、所詮《しょせん》、これは君の心の中でのことだ。外での戦いは別だろう？」

するると、暴食の世界樹はどこからともなく黒剣を取り出した。

「構えないでくれ。もう戦うつもりはないんだ」

ではどうして剣を？　疑問の答えは間もなく届く。

「かはっ…………ッ」

突然の自刃。

アインの目の前で、残された身体で自らの喉元《のどもと》を貫いた。

「勝とうが負けようが目指す先は変わらない。君と一つになれなかったことは心残りだが、終わりを迎える前に、少しでもこの飢えを満たしたいんだ」

「待てッ！　何をするつもりなんだッ！」

「ふ、ふふっ…………一つにはなれなかったが、共に最期のときを迎えよう……ッ！」

そう言って、完全に姿を消してしまう。

アインは思わず力が抜けて膝をついてしまったが、暴食の世界樹が残した言葉に危機感を抱いて辺りを見渡す。

目を覚ますにはどうしたらいい。

急いであいつを追わなければ。

「くっ………あいつが生きているからなのか⁉」

精神の檻《おり》に閉じ込められ、出入り口は見当たらない。周りは走り回って見渡すほど広くない。世界はまだ崩壊しかけたままだ。

だけど、ふと。

枯れ果てたブルーファイアローズたちが青々とした葉を取り戻し、あっという間に美しい花々を咲かせた。

ただ、すべての花が蘇《よみがえ》ったわけではなくて、アインの目の前に花でできた道を作るだけに留まっている。

「――――扉だ」

その先に、見覚えのある扉があった。

あれはまさしく、大霊廟《れいびょう》へつづく扉に違いない。

すると、扉が左右に開かれていく。

――――その奥に見えた広大な空間は、紛れもなく大霊廟であった。

暴食の世界樹 Ⅲ

空の端が明るい瑠璃色《るりいろ》に浸食されだした。

また、新たな朝がやってこようとしていた。

「……あなた。あれを見て」

そびえ立つ暴食の世界樹の幹に亀裂が入っていく。併せてツタや木の根、魔力で作られた果実が突如として光の粒に変わり、ハイム王都がしんと静まり返った。空には依然として漆黒の光球が浮かび、ひびの中からミスティたちを見下ろす瞳《ひとみ》が、少し前に比べて勢いよく蠢《うごめ》いている。

「生まれようとしてるわ」

「奴《やつ》が本気で戦うってことか？」

「いいえ。完全なる生長を遂げてから使えるはずだった力を、生命力を犠牲にして使おうとしているのよ。見て。幹から漏れた黒い液体が少しずつあの光に浮かんで行ってる」

暴食の世界樹を最初に止めたときにミスティが口にしていた、生長しきった際に生まれる災厄が。大陸を一瞬で葬れるとラムザが口にした、生まれてしまえば止める術《すべ》のない魔王の力が、今まさに顕現しようとしていた。

「あのままではいずれ死んでしまうわ。いくら大陸中に根を張り食事をしたとしても、消耗に付いていけなくてすぐに餓死するはず」

「ならアインはどうなったんだッ！」

吠《ほ》えたラムザ。

答えは誰《だれ》も持ち得ておらず、黙りこくってしまう。


――――そこへ。

何処《どこ》からともなく黒髪の男が現れて、口を開く。

「彼にはまだ眠ってもらっているよ。いずれ特等席で世界の行く末を見てもらい、私と共に最期を迎えることになるだろう」

男は三人の背後に現れた。

当然、全員武器を構えて振り返ったのだが、男の顔を見て。

「ジェイルが蘇ったのかと思ったぞ」

ラムザを筆頭に三人は顔を驚き一色に染め上げる。

しかし、男はジェイルではない。そんなのは言わなくても分かっている。

「説明ありがとう。暴食の世界樹さん」

と、ミスティが。

「ついでに教えてくださる？　アイン君は寝てるってことだけど、貴方《あなた》はアイン君に負けたのかしら」

「さぁ、どうだろうね」

言葉を濁した暴食の世界樹は歩きはじめた。

何の警戒もせず、ゆっくりと。

「――彼女だけは許しておけない」

暴食の世界樹が口にした刹那《せつな》、三人が一瞬で距離を詰めようとした。

だが、四肢が漆黒のツタに縛られてしまう。

「動かない方がいい。私の心も崩壊寸前なせいか、暴れられると加減ができそうにないんだ。君たちにはそこで、最期まで静かにしていてほしい」

いくら抵抗しようがほどけなくて、抵抗するたびにきつく縛られていく。

「私が本気で拘束したんだから、君たちぐらい下等な生き物が抵抗しても無意味だよ。――たとえばそう、夢魔の魔王が来ても同じことさ」

それは、死角を突いた一撃だった。

「私のこと、分かってたの……っ⁉」

目を覚ましていなかったアーシェは戦場を離脱していたのだが、異変を察知し、無理に目を覚まして密《ひそ》かに駆けつけていた。

けど、彼女も例に漏れず拘束されてしまった。

全身に魔力を滾《たぎ》らせても魔法を使える様子がない。

「そこで世界が朽ちるのを見ているといい。いずれは君たちも朽ちるのだから、平等だろう？」

暴食の世界樹の足取りは左右に揺れて頼りない。

ついでに彼の視界は霞《かす》んでおり、残された力があと僅《わず》かであることを物語っていた。

幸いにも、目的の少女までの距離は遠くない。その場所は今でも蒼光《そうこう》のベールに包まれている影響で、見つけやすくて笑みが零《こぼ》れる。

「やぁ」

人懐っこい笑みを浮かべて近づくと、蒼光のベールが瞬いて警戒しているようだった。

クローネは暴食の世界樹の来訪を受けて彼の顔を見る。アインによく似た顔立ちには悲しさと苛《いら》立《だ》ちを覚えてしまう。

「止まりなさい」

「君の願い事を聞く義理はないな。私は君を恨みこそすれ、情を抱くなんてとんでもない。理由は分かるかい？」

「………知らないわ」

距離が近づく。

クローネは男が暴食の世界樹であると一瞬で察したが、アインを抱いたままで逃げる様子はない。むしろ敵意がむき出しの瞳を向けながら、護身用の短剣を片手に構えた。

「無意味だよ、それ」

暴食の世界樹が手で払うだけで蒼光のベールが砕け散った。

手を下すまでもなく、クローネの真横から現れたツタが彼女の手を縛り上げた。短剣は手から滑り落ちたが、想《おも》い人から引きはがされそうになるのだけは必死に耐える。

「か弱い少女に手を出す趣味でもあったか」

「ん………意外とちっちゃい。だから負けたんだよ」

「そうですな。アイン様とは大違いだ」

さっき拘束されたはずの三人が、クローネと暴食の世界樹の間に挟まるように立ちはだかる。

そして、クローネの傍《そば》にはミスティが現れ、彼女の身体《からだ》を抱き寄せた。

「逃れたことは称賛してもいいが――――これ以上、私を侮辱するのはやめてくれないか？」

苛立ちが抑えられない。

さっさとあの女《クローネ》を殺して力を解放し、喰《く》えるだけを喰いたい。変わり果てた世界を彼と肩を並べて眺め、最後に彼《アイン》の顔を見て死にたいというのに。

「脆弱《ぜいじゃく》な死にぞこないたちよ。一息で片を付けてあげよう」

吐き捨てた暴食の世界樹の目からは、すでに正気を保つのが限界であることがありありと伝わった。

◇　◇　◇

大霊廟を歩く。

壁に用意された灯《あか》りは、アインが通り過ぎたところから一つずつ灯《とも》されていく。

「やっぱり、貴方だったんですね」

アインは最奥にたどり着いたところで、剣を封印していた台座の上を見上げて言った。

「また会えてよかった」

「こちらこそ。――――ジェイル陛下」

ジェイルは台座につづく階段に腰を下ろしており、やってきたアインを見て「隣でいいよ」と言

葉を添える。

口調の軽さにアインは驚かされるも、素直に従って腰を下ろした。

「おめでとう」

隣り合って座ったところでジェイルが言った。

「…………まだ終わっていません」

「もう終わったんだ。赤狐《あかぎつね》を倒し、俺のことだって超えてみせたじゃないか」

「いいえ。まだ暴食の世界樹を倒していません」

ジェイルは肩をすくめた。

「でも、さっきはありがとうございました」

アインが唐突に礼を述べた。

「ん、何がだろ」

「俺に力を貸してくれたことに対してです。それに俺はラビオラ様の力も借りました。お二人には感謝してもしきれません」

「ああ。俺たちの力があったから勝てたってことか」

「違いますか？」

「俺はそうは思わない。結局は力を使う者次第だ」

気を遣って言っているようには見えない。ジェイルの横顔はあくまでも真面目《まじめ》で、声にも冗談らしさは感じられなかった。

「誇ってくれ。そして自分の強さに自信を持つんだ」

「…………」

「返事は？」

「――――最後の最後まで、器の大きさを見せられるなんて思いませんでした」

この返事を聞いたジェイルは高笑いした。

素直な返事をしなかったアインの表情と声が面白かったようだ。

「あー、笑った笑った。こんな姿になってから、今みたいに笑うなんて思わなかったよ」

こんな姿という言葉に、アインは思い出したように言う。

「あの！　一つ聞いてもいいですか？」

「ん、いいよ」

「……今こうして俺の隣に居るジェイル陛下は、イシュタルに宿った記憶なんでしょうか？」

「それは違うかな」

「では、アンデッド――――とかですか？」

「それも違うな。あ、でも教える気はないから。これ以上尋ねられても黙秘するからそのつもりで」

「ええ…………いいよって仰《おつしや》ったのに…………」

「答えるとは言ってないし、素直に教えるのも癪《しやく》だしね。まぁ、大した話じゃないから気にしないでいいよ」

まるで鏡に映った自分を見ているようだった。

口調もそうだし、見た目だってこうして並んで座ると瓜二つ《うりふた》。憧《あこが》れの存在と似ていたと思うと悪い気はしないが、憧れの存在が随分と軽かったことには妙な親近感を覚えてならない。

「さて」

ジェイルが居住まいを整え、声もこれまでの明朗な態度から真摯《しんし》なそれへ変えた。

「ずっとお礼を言いたかったんだ」

彼は大霊廟《れいびょう》の天井を見上げながら口を開いた。

「俺ができなかったことを果たしてくれてありがとう。おかげで、後悔に駆られた俺《亡霊》は消えることができる」

「────やっぱり、アンデッドなんです？」

「ははっ。絶対に教えてあげない」

「はぁ………そうですか」

「そんなため息交じりに言わなくても。知ったところで特に意味はないし、知らない方が色々と都合が良い気がするけどね」

「余計に意味が分かりませんって」

「世の中そういうもんだよ。よく分からないことだらけだから面白いんだ。────多分」

「もういいです。どうせ聞いても教えてくれないでしょうし、諦《あきら》めました」

「ん、それがいい」

ひと時の静寂を交わす二人。

大霊廟は二人の呼吸音だけが響き渡るほど静かで、荘厳。

どちらからともなく立ち上がった二人の足は自然と壇上へ。

「剣の銘がイシュタルだった理由って、聞いても大丈夫ですか？」

「いいけど、特別面白い話でもないよ」

一呼吸置いたジェイルは、アインが腰に携えたイシュタルに目を向けて口を開く。

「大陸剣イシュタル。この銘はイシュタルを打ったドワーフが付けたものだ。この剣は大陸を率いる王の剣なんだから、これ以外の名前はない、ってね。――――偉そうに自分で付けたわけじゃないから、その辺は勘違いしないように」

「べ、別に疑ってませんって……そもそも疑う余地のない話じゃないですか」

この男《ジェイル》以外に、大陸を率いる王という言葉が似合う王は居ない。

銘が付けられた理由には誰《だれ》もが納得するだろう。

それから、ジェイルはイシュタルを封印していた台座の前で立ち止まり、数歩遅れてやってきたアインに顔を向けた。

「イシュタルをここに戻すんだ。もう君にその剣は必要ない」

「でも…………」

「俺の力を代償にすれば目を覚ませる。魔王必滅の力で精神を断絶し、暴食の世界樹の支配から抜けて自由を取り戻せる」

不安だったし、本当に大丈夫なのかとアインは心配になった。

外に出られるというジェイルの言葉は疑っていないが、彼の力を失ってしまったら、暴食の世界樹を相手に勝てるかどうか分からない。

外に出るためには返さないといけないが、迷ってしまう自分も居た。

「返すのが怖いって言ったらキレるから、そのつもりで」

「…………一つだけ良いですか？」

「ん、なにさ？」

「こういう場面だってのに、軽すぎませんか」

「重苦しいのが正しいわけじゃないし、息苦しいのはあまり好きじゃないんだ」

いまいち納得しきれていないアインをよそにジェイルがつづける。

「話を戻そう。ようは俺を超えたんだから、もう俺の力を頼る必要はないだろってことだ」

「――――本当に超えたなんて思ってませんよ」

「超えてるよ。十分俺より強くなった。さっき会ったときとは見違えるほどにね」

優しくて、頼もしい笑顔。

ジェイルは首を振って台座を示し、早くイシュタルを戻すよう促した。

ふぅ、と息を吐いたアインはようやく決心して、一歩、また一歩と前に進んでいく。

「ジェイル陛下」

アインは台座の前で英雄王の名を呼び、イシュタルの持ち手に手を伸ばす。

「貴方に憧れて、本当によかったです」

「…………憧れと言うか回帰と言うか、中々難しいところだけどね」

「回帰、ですか？」

「いつか分かるときが来るよ。今はただ、自分のことだけを考えればいい」

アインは理解が追い付かぬままイシュタルを抜くと、逆手に持ち台座の上で構えた。ステンドグラスから光が差し込む。白銀の剣身に自分とよく似たジェイルの顔が反射する。

「今までありがとうございました」

「ああ」

「俺はこれから、世界を救ってきます」

「ああ――――いってこい」

台座に戻されるイシュタル。

眩《まばゆ》く青白い光が台座から生じると、その光が周囲に螺旋《らせん》を描いて舞い上がる。大霊廟の景色《けしき》は瞬く間に眩い光に覆われていき。

やがて――――。

◇◇◇

暴食の世界樹が発した宣言は、寸分たがわず実行された。戦う四人は十秒と経《た》たぬうちに膝《ひざ》をつき、例外なく戦闘不能直前まで追い詰められている。

「無様なぐらい愚かしい。君たちは彼と違って弱すぎる。私の前に立つ資格がないことを知りながら、どうして何度も立ち上がるんだい」

そう言われてラムザが言葉を絞り出す。

「く、ははっ…………！　生まれつき、諦めが悪いんだ…………ッ！」

つづけてマルコとアーシェが。

「主君を守るためなら何度でも立ち上がりましょう」

「ん…………どうせ死ぬなら、たくさん頑張って死ぬって決めてる…………ッ」

三人の声は暴食の世界樹を苛立《いらだ》たせた。けれどこれだけに留《とど》まらず、最後にミスティが自慢のローブを風に靡《なび》かせつつ、杖《つえ》で身体《からだ》を支えて口を開く。

「死ねばみんな一緒よ。私たちだけじゃなくて、貴方もね」

「おや、私と君たちを同列に扱ったのかい？」

「そうよ。違うって言うのなら、その違いを教えてくださるかしら。すべてを滅ぼすのでしょ？　なら同じじゃない。貴方も私も、家畜や羽虫だって変わらない脆弱な存在で──ぐぅッ⁉」

「口を閉じてくれないか。話していると虫唾《むしず》が走る」

暴食の世界樹はミスティの身体を遠慮なく蹴《け》り飛ばし、周囲の者たちを見た。特にラムザが憤怒していたが、三人はまとめて魔力の圧に押され、石畳に叩《たた》きつけられてしまう。

そして、最後に残されたクローネへ。

「やっとだ」

下卑た笑いを向け、距離を詰めた。

手の甲で彼女の頬《ほお》を強打して、その肢体を転がす。

「ッ……痛ッ……っ……」

「君のことだけは私自身の手で終わらせる。絶対にね」

転がったクローネはアインの傍を離れてしまった。

地べたを這《は》い蹲《つくば》って彼の傍に戻ろうとすれば、経験したことのない痛みに身体が悲鳴をあげる。

でも、止まらなかった。健気《けなげ》に戻るとアインの身体を再び抱き寄せ、自分の髪が乱れていることを気にせず、彼の頬に掛かった髪を払う。

「……アイン」

「彼はもう目覚めない。私が許さない限り永遠にね」

「………お寝坊さん。もう朝よ?」

「だから、彼は目を覚まさないと言っただろッ!」

激昂《げきこう》した暴食の世界樹が今一度距離を詰めようとすると、間にマルコが割って入った。

自慢の大剣を振り下ろしたが、難なく片手で受け止められ、ただの拳《こぶし》に砕かれる。つづけて回し蹴りを見舞われ、近くの石畳に蹲《うずくま》った。

「その少女に手を出すなッ!」

「やめて………ッ! 絶対に殺させない、から………ッ!」

ラムザとアーシェが立てつづけに仕掛けるが、結果は同じ。

二人はほんの一瞬で、ただの拳を前に敗北を喫した。

暴食の世界樹はそれから近くに落ちていた剣を手に取る。これはハイム兵が使っていた粗末なものだが、突き立てれば少女の命一つくらい容易に奪える。

「終わらせよう」

暴食の世界樹が歩き出したのを見てクローネを除いた皆が全身に力を入れ直す。絶対に殺させてなるものか、と必死になって。

だが、身体は限界をとうに超えている。意思とは裏腹に、身体を動かすことは叶《かな》わない。

「ッ────やめてッ！」

アーシェの悲痛な声が響き渡る。

されど足を止めずにクローネの前に立った暴食の世界樹が、粗末な剣を振り上げた。

もう駄目だ。皆が助けられないことに悲痛な面持ちを浮かべる中で、命を奪われようとしている
クローネは四人に向かって穏やかに笑んでいた。


『守ってくださって、ありがとうございました』


唇が動いて、確かにそう言っていた。

凶刃が遂《つい》に振り下ろされはじめた────その刹那《せつな》だ。


「────また会ったな」


金属と金属がぶつかり合った耳を刺す音。

その後で、彼の声がクローネの隣から発せられた。

「────暴食の世界樹ッ！」

クローネに抱き寄せられていた彼は、逆にクローネを守るように抱き寄せていた。空いた一方の手に持った黒剣にて、暴食の世界樹を弾《はじ》き飛ばしたのだ。

「ほんとにほんとに…………遅いんだから」

クローネは涙がほろ、ほろ、と溢《あふ》れ出て止まらない。

「ごめん。遅くなった」

「許さない。一緒にイシュタリカに帰ってくれなかったら、絶対に絶対に許してあげないわ」

「ああ、分かってる」

アインは優しく言って、クローネの目元を拭《ぬぐ》った。

それから強く抱きしめて言う。

「もう少しだけ待ってて。――――俺は今から」

「アアアアアアアッ！　どうしてだ！　なんで君は私のことを拒絶するッ！」

「あいつのことを、倒してくるからッ！」

猛《たけ》る世界樹を尻目《しりめ》にアインは力強く宣言すると、クローネはすぐに頷《うなず》いて返す。

周りの者たちも何か言いたげだったものの、アインが暴食の世界樹に黒剣を向け、踏み込んだところで口を閉じた。彼らにはもはや口出しも手出しもできない。次元の違う剣戟《けんげき》を前にできることは何もなかった。

「もう逃げ場はないぞッ！　暴食の世界樹ッ！」

「逃げ場だと？　私は逃げてなんかいないッ！　この飢えと渇きを満たすため、最善の行動をとったまでだッ！」

「詭弁《きべん》だッ！　お前は俺と戦うことから逃げて、俺のことを心の中に閉じ込めようとしたッ！」

「ッ――――!?」

「剣の冴《さ》えがないぞ！　どうした！」

暴食の世界樹は真正面から受け止めることを避け、黒剣を躱《かわ》しつつそびえ立つ大樹の幹を駆け上がる。追うアインも幹を蹴って駆け上がり、枝々を抜けて行きながら黒剣を振った。

受け止める暴食の世界樹は猛然と幻想の手を生み出して防ぐ。

辺りから氷龍の力で氷柱を生み、それを溶かして海流操作で全方位から攻撃を仕掛けるも、ここは心の中の世界じゃない。

「すべてだ。お前が俺から奪い取ったすべてを返してもらう――――ッ！」

黒剣を構えるアインに切り伏せられたものから、同時に彼本来の力――毒素分解ＥＸと吸収によって再びアインの血肉へと還元されていく。

生じた隙を狙《ねら》い、黒剣が迫る。

身体《からだ》に傷が刻まれるたびに力が抜けていき。代わりに、相対するアインが本来の力を取り戻していった。

幹を登りながらの戦闘は、やがて終わりを迎えた。

この大陸中を見渡せるかという異次元の巨大樹を、二人が登りきってしまったからだ。

「――――もう、終わりのようだね」

諦《あきら》めるしかない。これ以上戦っても結果は分かり切っている。

大樹の頂上にたどり着いた二人は互いを見合い、されど暴食の世界樹は諦めた表情を浮かべていて、天球に浮かんだ漆黒の光球を見て両腕を掲げた。

「共に果てよう」

「…………」

「私のすべてを賭《と》して、私が使えた最大級の可能性を世界に放つ」

「好きにやらせると思ってるのか」

「でも、もう止められない。私という意思を殺しても、産声をあげてしまった暴食の世界樹が止まることはない」

すべて遅い。

暴食の世界樹がそうすると決めたときから、この世界が呪《のろ》いに覆われることは決定事項だった。

漆黒の光球に入ったひびが更に大きくなり、その奥にあるものが、来たるべき時を迎えるべく胎動する。

感じさせる力の奔流は、心の中で戦った際と比較にならない禍々《まがまが》しさを湛《たた》えていた。

（一瞬で世界を滅ぼせそうだ）

世界がどれぐらい広いかなんて考えたことはないけど、そんな気がした。

だと言うのに、アインは落ち着いている。

暴食の世界樹の前まで足を進めると、黒剣を強く握り直した。

「お前を生み出したのは俺だ。だから俺が最期まで責任を取る」

「もう一度言うが止められない。いくら君とはいえ、あれだけの力を止める術は持っていないのだからッ！」

暴食の世界樹の高笑いがハイム王都の空に木霊《こだま》した。

戦いに勝者は居ない。そう言った暴食の世界樹の言葉が正しかったということになろうか。いいや、世界が滅ぼされてしまうのなら、たとえ元の目的が達成できなかったとしても、暴食の世界樹の勝利と言っても大した違いはない。

「共に果てるだけさ――――ッ」

「違うよ。果てるのはお前だけだ」

アインは黒剣を暴食の世界樹の胸に突き立て、彼の身体を慰めるように抱きしめた。彼の身体が治癒される気配はしなかった。

もう、暴食の世界樹だって限界だった。

黒剣が抜かれ、抱擁が解かれたとき、暴食の世界樹は弱々しい足取りで歩きはじめて、数歩離れたところで天空を見上げた。

「お前は一つ忘れてるんだ」

「忘れているだって？」

「そう。俺の力を忘れている」

ハッとしたが、あり得ないと一笑の下に断ずる。

「いくら君でも不可能だ。あれまで吸収するなんてできるわけがない」

「俺は今までと同じことを繰り返すだけだよ。毒を浄化して、すべてを俺が吸いつくす。ただこれだけだ」

漆黒の光球に入ったひびが縦に一本。

卵の殻のように割れてしまえば最後、数多《あまた》の瞳《ひとみ》が天空へ飛び散っていくだろう。

男とも女とも、幼児とも老人ともとれる声がこの場を中心にして、世界中に響き渡る。

雲も世界中から引き寄せられているような勢いで螺旋《らせん》を描き、漆黒の光球に向かっていくのが分かる。

(ほんと、この世のすべてを食べようとしてるみたいだ)

漆黒の光球そのものも眩《まばゆ》い紫黒の閃光《せんこう》を放ちだし、すべてをアイン一人に向ける。

……アインの全身が瞬く間に呪《のろ》われていく。灼《や》ける痛みと、骨身から溶かされるような痛みが全身を駆け巡ると同時に、呪いにより肌が黒く染まっていく。

(大丈夫。戦える)

アインはすぅ――――っと深く息を吸ってから両腕を翼のように広げ、毒素分解EXと吸収を発動させた。

紫黒の閃光を一身に集め、漆黒の光球から力を吸っていく。両者の間に生じた光の粒子が徐々に徐々に、アインの身体に溶け込んでいく。

『――――ッ!　――――、――――ッ!』

すると、瞳は一斉にアインを見下ろし、耳を刺す甲高い鳴き声を発した。

力を吸われることに痛みを感じているかは分からないが、逃れようと……あるいは、力を吸う男に対して「殺す」と宣告しているようでもあった。

アインに向けられる呪いの力が留まることを知らず増していく。

すでにアインの首より下の肌は黒に染まり切っていた。


「――――君に言いたいことがある」

傍《はた》から見ていた暴食の世界樹にはアインを止める力は残されていない。そもそも止める気にもなれなかったのだが、彼はアインの背に語り掛けた。


決着まで残された時間はあと僅《わず》か。

天空に現れた暴食の世界樹の力は、元の球体をとどめていなかった。

ハイムを睥睨《へいげい》していた瞳もただの魔力に分解されていき、眼下のアインに吸収されていく。

アインを蝕《むしば》む呪いはようやく頬《ほお》まで届いたが、遅かった。


「────君がいずれ、力に溺《おぼ》れてくれたのなら」


その時は、改めて自分が生まれてこよう。今度こそ君と一つになって、暴食を満たす魔王として世界を喰《く》らうこととしよう。

言葉にしなくても、二人は通じ合った。

けれど、アインは背を向けたまま強く言い放つ。

「俺はそうなる前に自分で自分を殺す。お前が生まれてくることは二度とない」

言うと思った。想像していた答えだった。

そのことが、不思議と愉快で笑いがこみ上げる。

「ふふっ…………ああ、君ならそうかもしれないいな」

暴食の世界樹の身体《からだ》が消えていく。

風に乗り、アインの身体と同化していった。

間もなくして、漆黒の光球の成れの果てが落下していくようにアインの上へ。最後は勢いよく彼の身体に溶け込んで、白銀の閃光を放って崩壊した。

その光は集まった雲を一瞬で払い、ハイム王都跡に眩い朝日をもたらした。

アインに残されていた人肌は、もはや片目の周囲に残された僅かなもの。けれど、雲を払った白銀の閃光が呪われた黒い肌も瞬く間に癒《いや》していった。

――――アインは全身から力を失い、気を失う直前に樹上から落下していく。

その最中《さなか》で、暴食の世界樹の全貌《ぜんぼう》を見て微《かす》かな笑みを浮かべ。

…………お前、こうしてると綺麗《きれい》じゃないか。

いつの間にか青々とした葉を付けていた大樹を見て呟《つぶや》き、静かに瞼《まぶた》を閉じたのだった。

◇◇◇

クローネは乱れたアインの髪を手櫛《てぐし》でそっと掻《か》き分《わ》ける。

枝葉の間から差し込む陽光は彼女の頭で遮られていたが、風に揺れ、その間がずれたことで彼の顔が照らされた。

「――――ん……」

眩《まぶ》しい。そう言わんばかりにアインの眉間《みけん》が深い皺《しわ》を刻んだ。

クローネはそれを見て手を口に当てて笑うと、自分の背中で小さな影をつくる。

小鳥のさえずりに目覚めが促され、アインはゆっくりと目を開けていく。

「ここ……は……」

目が開くと、目の前には会いたかった女性の顔がある。そんな彼女の膝《ひざ》の上で寝ていたと知ったアインは唇の端を笑わせた。

すると、彼女は嬉《うれ》しそうに。

それでいて、じゃれつくように口を開くのだ。

「ここは私たちがはじめて会った場所よ」

彼女の涙がアインの頬に滴った。

「あの後、アインが大樹の上から落ちてきてびっくりしちゃったわ。アインのことは、ラムザ様たちが受け止めてくれたんだから」

そして、ひと時の静寂。
やがてクローネはあの時のように言う。

「——ねぇ、アイン？　貴方が最初に口にする台詞《せりふ》は何かしら。久しぶり？　それとも、膝を貸してくれてありがとう？」

港町マグナで再会したあの時と比べ、さらに美しく可憐《かれん》になった彼女。
彼女のいつ聞いても心地よい、鈴の音のような声がアインの耳を通り抜ける。
——当時のアインは、自然と言葉を発したことを覚えている。
そして、今のアインも何も考える必要がなかった。なぜならば、口にする言葉は最初から決まっていたから。

「愛してるよ。っていうのはダメかな？」

クローネが一筋の涙を流し、アインの頬を撫《な》であげる。

長い間待たせてしまった大切な言葉。
彼の頬に手を添え、小さく頷《うなず》いて口にする。

「────私も、貴方のことを愛しています」

朝日が差し込み、小鳥がさえずる。
そんな二人だけの空間で、宝石を渡し渡されたこの場所で。
自然と近づく二人の身体は、静かに唇を重ねたのだった。

ただいま。イシュタリカ。

昼を過ぎた頃《ころ》のイシュタリカ王都、ホワイトナイト城にて。

マーサは一枚の封筒を手に忙《せわ》しない様子で駆け、謁見《えっけん》の間へ向かっていた。

「陛下ッ！」

彼女はノックもせずに足を踏み入れると、息を整えながら絨毯《じゅうたん》の上を進む。謁見の間に居たシルヴァードとロイドの二人は驚きの表情を浮かべて彼女を迎える。

「リヴァイアサンよりメッセージバードが届きました！　執事室の者が内容を記しましたので、こちらをご確認くださいっ！」

マーサはこう口にして封筒を見せた。

「アインは……アインはどうなったのだ……ッ！」

封筒を受け取ったシルヴァードは音を立てて切り裂いた。

中に入っていた一枚の紙がようやく姿を見せ、シルヴァードの心を強く握りしめる。心音が急激に高くなり、見たくないという思いと、早く見たいという思いで葛藤《かっとう》が生じる。

だが、その迷いも数秒程度のもので、シルヴァードは覚悟を決めて目を向けたのだ。

「ッ――――」

シルヴァードは一瞬、硬直した。

そして、間もなく。

「ふ、ふふ……ははは……はーっはっはっはっはっはッ！」

彼は突然笑い出したのだ。

瞳からは多くの涙が溢《あふ》れ出て、豪奢《ごうしゃ》な服を濡《ぬ》らしていく。

「まったく……我らの心も知らず、なんという簡潔な手紙であろうか……」

「陛下！　アイン様はどうされたのですかッ！」

だが、シルヴァードは笑いつづけて答えない。

「マーサ！　お前は知っているのか⁉」

「わ、私も知りません……！　急いで陛下へ、と言われて持ってきたのですから！」

「ぬぅ……いったい何が……ッ」

彼らの疑問に答える代わりに、シルヴァードは玉座から立ち上がる。

「支度をするぞ」

シルヴァードは赤く腫《は》れぼったくなった目元を擦《こす》り、心底嬉しそうな笑みを浮かべた。

それから歩き出すと、すれ違いざまにロイドに紙を手渡し「読んでみよ」と口にする。

記されていた文字は、決して多くない。


――――『王太子アイン、クローネと一緒にオーガスト商会の船で帰ります』

これだけで、他には何もなかった。

だが戦争当時、現地で別れてしまったロイドからすればこれ以上ない吉報だ。

彼は両手でその紙を握りしめ、膝をついて涙を流す。

「ロイドよ。急いでアインを迎えに行かねばならん。すぐに支度をするのだ」

「ッ――――はっ！」

だが、ここで喜びに浸って涙を流している場合じゃない。シルヴァードの言葉に頷き立ち上がると、目元を拭《ぬぐ》って足を進めた。

「……ニャ？　あのマザコン、やっと意識取り戻したのかニャ？」

カティマの声は、玉座の奥にある小部屋から届いた。

「カ、カティマ様……その言い方はさすがに……」

つづけて聞こえたのはディルの声だ。

小部屋から姿を見せたカティマは車椅子に座っており、それをディルが押していた。

「さすがにも何も、言ってること間違ってないニャろ！」

「母を愛する気持ちというのは、美しいものかと思いますが」

「そこで否定の言葉を言わないで濁すあたり、分かりやすい話だニャア……やれやれ」

二人の会話がシルヴァードにも届き、彼は足を止めて振り向いた。

「聞こえていたか、起きて間もない馬鹿娘。そなたには無期限の謹慎を申しつけたが、今はそれを解こう。共に参れ」

「さっすがはお父様だニャ！　ほら、お父様の許可も下りたのニャ！　ディル！　私が楽しめるように車椅子を押してほしいニャ！」

「申し訳ありませんが、私は楽しめる押し方を存じ上げません」

「そんなの、ぐわわー！　って強く押せばいいニャ」「駄目です」「……お父様。お世話係が言うことを聞いてくれないのニャ」

「うむ。すべてカティマが悪いからであろう」

シルヴァードは頭を抱えてディルを労《ねぎら》う。カティマは唖然《あぜん》とした表情を浮かべるが、次の瞬間には不満を露《あらわ》にした。

頭を抱えたシルヴァードの近くでは、ロイドとマーサの二人が微笑《ほほえ》んだ。

やれやれ。さっきのカティマのように言ったシルヴァードは一足先に謁見の間を出ると、一人の少女を思い浮かべる。

「すべては聞かねば分からぬが、やはり、クローネなのだろうな」

「ええ。私もそう思います」

「――――シエラか」

「申し訳ありません。一等給仕様が慌ただしく走られているのを拝見して、もしやと思い」

シエラは謁見の間の前、廊下に並ぶ窓の傍《そば》に立っていた。

「私は今からシス・ミルに戻ります。王太子殿下をお迎えできないことは心苦しいのですが、急いであの魔石について長《おさ》に聞かねばなりません」

「頼もう。何か分かったら、すぐに余へ連絡を送ってくれ」

「心得ました」

「しかし、クリスのことはもうよいのか？」

「あの子のことです。王太子殿下がお帰りになったら、すぐに目を覚ますと思いますので」

シエラはくすっと笑みを浮かべてから、シルヴァードの前で膝を折る。そのままの体勢で別れの言葉を述べ終えると、すぐに立ち上がって城を後にしたのである。その後姿を見送りながら、シルヴァードはぽつりと呟いた。

「次代の王は良き縁に恵まれたようだ」

この後のシルヴァードは自室に向かい、ララルアにアインの無事を知らせた。

◇　◇　◇

王都民に届いた情報はといえば、アインがハイムから帰国するということだけだった。アーシェやミスティたちも同じ船に乗ってイシュタリカに戻るが、彼女たちについての言及は一切されていない。というのは、この状況下で更なる騒ぎをもたらすことを避ける狙《ねら》いがあったため。

ハイムで何があったのかという疑問ばかりが残っているが、一般的な王都民からしてみれば、そうした詳細よりも、英雄たるアインが凱旋《がいせん》することの方が何よりも重要なのは違いない。


――――オーガスト商会が保有する船が王都の港に近づいてくる。

タラップがゆっくりと下ろされると、姿を見せたアインはクローネに手を借りながら、まだ本調子でない身体《からだ》を引きずるようにして降りてきた。

それを見た一行が痛々しさを覚える中、カティマだけが二人を茶化す。

「帰国早々なーにイチャついてんのニャッ！」

「いやいやいや、これはこれで俺の身体にまだ怪我《けが》が――――って、カティマさん⁉　どうして車椅子に⁉」

「こ、これはこれで色々あったのニャ！」

だが、色々と言われてもアインには知る由もない。

気になるが、それは後だ。

アインはクローネに身体を支えられたまま歩いて、シルヴァードの前で立ち止まる。

「お爺様《じい》。ただいま戻りました」

「………」

「お爺様の制止を振り切っての行動だったのに、俺が魔王の力により、暴走するような結果になってしまい、言葉もありません」

素直に謝罪する。

自分が多くの迷惑をかけてしまったことは分かっている。だからこそ、ここで赤狐《あかぎつね》を倒して大団円なんだから、と終わらせる気はさらさらなかった。

「暴走したのはクローネも同じであるな」

「はい。私も承知しております」

「余は信賞必罰を信条としておる。よって、二人には罰を与えよう」

アインとクローネは神妙な面持ちで耳を傾けた。

告げられる罰を待ったのだが――――。

「二人の愚か者よ。お主らはしばしの間仕事をすることを許さぬ。余が許すまで、城内にて蟄居《ちっきょ》することを申しつける」

「お、お爺様ッ!?」

「陛下ッ!?」

こんなの、信賞必罰でもなんでもない。

二人は声を合わせて異を唱えようとしたのだが、それは叶《かな》わない。

シルヴァードが肩を震わせ、二人の身体を抱き寄せたからだ。

「……よくぞ帰ってきた……この愚か者共が……っ！」

アインの首元に一滴の涙が流れていった。

シルヴァードは少しの間そうして二人を抱きしめてから、突然、身体を翻して歩き出す。無言で歩き出したことが二人を戸惑わせた。

「ごめんなさいね。あの人はまだ王様だから、涙を隠しておかないといけないの」

入れ替わりにラルアが近づいてきて言った。

「アイン君、お帰りなさい。クローネさんも、アイン君のために命を賭《か》けてくれて本当にありがとう」

ラルアはアインを抱きしめると、つづけてクローネを抱きしめた。彼女も涙を流すのを堪《こら》えているのだろう。目元が潤んでいるのが分かる。

「ゆっくり話すのはお城まで我慢するわね。私も陛下と一足先にお城に戻ってるから、ゆっくり帰っていらっしゃい」

「あっ……お、お婆様《ばあ》……ッ！」

ラララアを引き留めようとするが、クローネがアインの手を強く握って制止した。

ここはララルアの言葉に従い、場を改めることにした。

すると、一人になったアインの下へ新たな者がやってくる。

「アイン様！」

その声は忘れるはずもない。

昔から付き従い、アインのために命を賭けてきた男の声だった。

「ディルッ！　無事で……無事……あ、あれ……？」

だが、そのディルの姿が見えなかった。

声だけがすぐ傍から聞こえてくるだけで、頭を左右に動かしてもあの精悍《せいかん》な姿は何処《どこ》にも見当たらない。

「ここですよ！　アイン様！」

軽く身体の向きを変えると、そこに居たのはライオンのような毛並みのケットシーだ。

腰に剣を携え、アインが見慣れた騎士服に身を包んでいたが、どこをどう見てもケットシーである。

体格はディルに似ていたが……。

「グ、グレイシャー家には他の種族に転生する秘法でもあったの……？」

他に言葉が出ない。

真実なのかも危うくて、自分はまだ、暴食の世界樹の中に捕らわれたままだったのかと考えてしまったぐらいだ。

「……話すと長くなるのですが、カティマ様に助けていただけたからなのです」

なに言ってるんだこいつは。

意味が分からずアインは駄猫に目を向ける。が、駄猫は誇らしそうに腕を組むばかりだ。

奴《やつ》は使いものにならない。

アインは仕方なくディルに視線を戻した。

「お話ししたいことがたくさんございます。ですが、まずは城に帰りましょう」

そう言って、カティマの車椅子を押しに戻ってアインを急《せ》かした。

◇◇◇

――アインが帰ったことで喜びすぎてしまった者が居る。

勿論《もちろん》、オリビアのことだ。

彼女は嬉《うれ》しさのあまり涙を流し、アインを抱きしめるだけでは止まらず、根を出して巻き付けるほどだった。

結局、夜が更《ふ》けてからもアインを放そうとせず、クローネを交えた三人で遅くまで歓談に花を咲かせたのだ。

そして、次の日の夕方。

身体を休めていたアインの下に、慌てたオリビアが足を運んでいた。

何をするのかと思いきや、彼女はアインの身支度をはじめたのである。

勿論、理由はある。アインが戻ったのを無意識に察してなのか、とある女性に目覚める兆候が現れはじめたというのがその理由だ。

「お、お母様……こんなに身支度が必要なものでしょうか……?」

「ふふ。当然です。私の大切なアインなんですから、一番カッコいい姿であの子のところに行きましょうね」

「そう言われてしまうと反論が……」

着替えが終わってからというもの、楽しそうにアインの髪を整えるオリビアはとても幸せそうだった。

アインはアインで若干気恥ずかしいせいか、無駄に襟を弄《いじ》って紛らわす。

こうしていると、懐に入れていたステータスカードが滑り落ちた。

「そういえば、アインはまだ世界樹なんでしょうか」

「せっかくなんで確認してみましょうか」

滑り落ちたステータスカードをアインが拾い、顔の前に運ぶ。オリビアはアインの背中から覗《のぞ》き込んできた。

ステータスカードには、こう記されている。

アイン・フォン・イシュタリカ
【ジョブ】　暴食の世界樹
【体　力】　9999＋α
【魔　力】　9999＋α
【攻撃力】　――＋α
【防御力】　――＋α
【敏捷性《びんしょう》】　――＋α
【スキル】　暴食の世界樹／魅惑の毒／孤独の呪《のろ》い

「うんうん。アインはまだ世界樹だったんですね」

頭に〝暴食の〟と付くが構わないだろうか？　アインが苦笑する。

（問題しかないなー……）

実際には覚醒《かくせい》したうえで力を取り戻したから問題ないのかもしれないが、あれほどの猛威を振るった力が自分の身体《からだ》に宿っていると思うと、さすがのアインにも思うところがあった。

「ふふっ。どんどん魅力的になっちゃいますね」

「魅力的…………え？」

心底幸せそうにアインの頭を撫《な》でる彼女を見て、水を差せる者はいるだろうか。

アインにはオリビアが――ドライアドの女性が何を魅力的に感じるのか分からないが、世界樹という言葉はそれほどの影響力があるのだろう。そういうことにした。

「でも、スキルも暴食の世界樹ってなってるのはどうしてでしょうね。俺が今まで得たスキルはなくなったんでしょうか」

「暴食の世界樹という存在が使うスキルなんですから、一纏《ひとまと》めになったのかもしれませんね。ですが、あとの二つは――――」

「恐らく、シャノンから得たスキルだと思います」

アインが複雑な感情に苛《さいな》まれているのを感じ、オリビアが後ろからそっとアインを抱く。

気分が一気に下降してしまったアインだったが、オリビアのおかげですぐに落ち着きを取り戻した。

「見舞いに行くのに、こんな顔じゃだめですね」

「……ごめんなさい。私がステータスカードを見よう、なんて言ったからですね」

「お母様が悪いわけじゃないですよ。俺がしでかしたことなので」

アインはよし、と呟《つぶや》いて気合を入れると、ステータスカードを懐にしまおうとした。でもまだ見足りなかったのか、オリビアの目はまだスキルの欄に向けられている。

「――――勇者があると思ったんですが」

彼女の呟くような小さな声はアインの耳に届かなかった。

「お母様？　何か言いましたか？」

「ッ――――ううん。何でもありませんよ」

すると、彼女はまさに聖女のように微笑《ほほえ》んで。

「髪の毛もすぐに終わりますから、もうちょっとだけ待っていてくださいね」

手を伸ばし、アインの髪を整える作業に戻ったのだ。


――――窓の外に広がる空が夕焼けに覆われ、茜色《あかねいろ》の光が差し込んだ。

城内にあるクリスの部屋、彼女のベッドの横で、アインは運んできた椅子に腰を下ろし、仰向けに寝る彼女の寝顔を見て愁眉《しゆうび》を開《ひら》いた。

「――――クリス。ただいま」

クリスはまだ眠りから覚めない。

彼女は代わりにアインの声を聞き、耳をピクッと反応させている。

「なにその器用な反応」

だが、その動きが面白かったからなのか、アインは楽しそうに笑った。

「まったく……謁見《えつけん》の間でやった儀式とやらのときもだけど、クリスも結構突っ走るよね。俺もだけどさ」

「……………」

「主従ともども突っ走るんだから、お爺様《じい》には迷惑かけてばっかりだよ」

「ん……んぅ……」

彼女の身体が寝返りを打ち、アインが座る方を向いた。

重い瞼《まぶた》はゆっくり、何秒も掛けて開かれていく。

「……あ……あれ……ここ……は……」

互いに声を聞くのは何日ぶりだろう。

イシュタリカを発《た》ってから、数週間も経《た》っていないはず。

なのに、数年もの間、聞いてなかったような錯覚を覚えた。

「ここはクリスの部屋だよ」

「……私の……私の……部屋……？」

「そう。城にあるクリスの部屋だ」

開いた窓からまだ冷たい風が入り込む。

換気のため、と一時的に開けていたのだが、彼女の目覚めに一役買った。

――風が顔に届いたのだろう。

クリスは煩わしそうに上半身を起こし、彼を見て息を止めた。

まだ夢を見ているのかも、オズに命を奪われて死後の世界なのかも。

こうした疑いを持ちながら、希望を忘れることなく、一縷《いちる》の望みに賭《か》けるように手を伸ばした。

願っていたただ一つの現実であることを祈り、縋《すが》るように。

「ッ――……」

伸ばした手の先に、彼の手が重なった。

指先から、彼の温かさに包まれていく。

「……アイン、様……？」

「うん。俺だよ。クリス」

クリスは純白のベッドの上に金糸の髪を広げながら、何も言わず、身体も動かさずに彼を見る。

瞼に雫《しずく》を溜《た》め込んだかと思えば、あっという間に決壊して頬《ほお》を伝っていく。

「私、頑張ったんです」

震える声で呟く。

「…………うん、分かってる」

「アイン様が待ってる。そう思って、生きてきた中で一番、一番頑張ったんです」

唇は小刻みに震え、アインの手に額を押し付けて懺悔《ざんげ》する。

「でも勝てなくて……逃げ帰るように王都に運ばれて……ッ！　だから……だから、私にできることをしようって、そう思って……ッ！」

彼女がイストに行き、クローネとカティマの二人と共に何をしたのかは、アインも城に帰ってから聞いている。

エドワード相手の命懸けの戦いを終えてから、傷が癒えていないのに戦ってくれたことを。

「ごめんなさい……私っ、アイン様のところにいけなくて……ごめんなさい……ッ！」

アインはもう一方の手を彼女の背に回し、抱き寄せて目を伏せた。

謝罪をするのは俺の方だ、こう前置きをして彼女に言う。

「力不足だったのは俺だ。たくさん辛《つら》い思いをさせちゃってごめん。たくさん痛い思いをさせてごめん」

「ち……違います……っ！　私が、私が弱かったから……っ！」

泣きわめくクリスの背中を優しく撫でさすり、違うよ、と言って言葉を遮った。

「俺はクリスのおかげで帰ってこれたんだ。本当にありがとう。……それと、遅くなっちゃったけど――ただいま」

クリスも手をアインの背に伸ばし、痛いぐらい強く抱き着いた。夢でも何でもない現実で、彼の体温を感じ、声を聞けたことが何よりも幸せだった。

それからしばらくの間、咽《むせ》び泣《な》きつづけたクリス。

彼女は泣きはらした目元に残された涙を拭《ぬぐ》いとると、ようやく頬に喜色を湛《たた》えた。

「――おかえりなさい、アイン様っ！」

◇◇◇

同じ日の晩。

しばらくの間昏睡《こんすい》状態にあった彼、ウォーレンも目を覚ましていた。

彼が目を覚ますも、傍には誰《だれ》も居ない。

窓の外から差し込む月の光と、何故《なぜ》か賑《にぎ》わっている城下町の輝きが部屋の中を照らしていた。

「私はどうしてベッドに……そうだ、私はあの男に……ッ！」

ウォーレンが身体《からだ》を動かすが、どうにも身体中が鈍い。

そのおかげか、長い時間を昏睡状態で過ごしたということを自覚した。

………一刻も早く状況を確認しなければ。

重く、筋力が低下した身体で無理に立ち上がろうとしたところへ、男の声が届く。

「やっと起きたのか」

彼はこの部屋の片隅に置かれたソファに居た。

ウォーレンは気が動転して気が付けなかったようである。

ところで、ソファのあたりは暗くて顔は見えないが、彼の声は聞き覚えがある。

「俺は二人の忠臣を知っている」

彼はソファから立ち上がり、ベッドに近づきながら言った。

「一人目はマルコ。あいつは俺にとって掛け替えのない部下で、あいつ以上の忠義を誇った騎士は存在しない」

「マルコ殿を……あ、貴方《あなた》様はもしや――――ッ」

近づいてくるにつれ、月明かりが彼の顔を照らし出す。

覚えのある精悍《せいかん》で端整な顔立ちと、腰まで伸びた艶《つや》やかな銀髪。

過去の記憶はすでに薄れ、曖昧《あいまい》だった。

けど、それでも、彼の顔を忘れたことは一瞬だってない。

「御身はラムザ様であらせられるのですか!? ど、どうしてここに貴方様が……ッ!?」

尋ねるも、ラムザは答えずに話をつづける。

「二人目の忠臣はお前だ。我が子ジェイルに付き従い、我が子の命が消え去った後も、お前はイシュタリカに命を捧《ささ》げつづけた。名を変え姿を変え、自らを殺して尽くしつづけた。歴史に隠された事実であろうと、お前も一人の英雄だ」

「それは…………し、しかし、私の起源を辿《たど》れば、それは褒められたものではございません」

ウォーレンは初代国王妃ラビオラに恋をしていた。

だからイシュタリカに残り、今に至るまで仕えてきたのだ。

「そう卑下する気持ちは分かるが、そこにジェイルやイシュタリカへの愛がなかったか、否かだ」

「それは……」

「言わずとも分かるさ。皆無であれば、ジェイルと共に大陸中を駆け巡ることはおろか、今世までイシュタリカに寄り添おうとは思わなかったはずだ」

ラムザは最後に笑い声をあげると、満足した様子でソファに戻る。

密《ひそ》かに横になっていた少女の首根っこを掴《つか》んで持ち上げると、荷物を持つように肩に乗せた。

「ア、アーシェ様ッ⁉」

「ああ、うちの馬鹿妹はここに居るぞ。詳しい話は当代の王たちにでも尋ねろ。そもそも、俺がここに居ることも夢物語に思ってるだろうが、現実だ」

「う……うあ……お兄ちゃん……私は強い……」

「…………強いからどうしたんだ」

手荒な真似《まね》に不服だったのだろう。アーシェがラムザに寝ぼけながらも声を届ける。

「夢魔のアーシェが夜に熟睡というのも笑い話だな」

アーシェがぐにゃりと身体を曲げて肩に乗る仕草は猫に似ていた。

その様子はどこを見ても魔王に思えず、過去に大暴走を繰り広げた魔王といわれても、信じるのに時間がかかりそう。

ウォーレンは立ち去るラムザの後姿を眺め、呟く。

「いったい、何があったのでしょうか……」

何もかもが知らないことだらけだ。

ラムザが居る。アーシェが居る。

これはあり得なかったことで、ウォーレンといえど理解が追い付かないのも無理はなかった。

◇◇◇

次の日の朝。

シルヴァードはアインやロイドたちを招き、謁見《えっけん》の間の奥の小部屋で相談事をしていた。

「近いうちに大規模なパレードを行い、我らの勝利を皆に届ける」

「前夜祭も含め数日間に分けて行いましょう。――――おお！　思えば、もうすぐ王立キングスランド学園の卒業式！　これを踏まえ、期日を調整するのは如何《いかが》でしょうか！」

「うむ！　それがよいな！」

「……なんというか、すごく疲れそうな祭りになりますね」

二人の意見に耳を傾けていたアインは、想像するだけでも疲れそうな祭りに苦笑いを浮かべる。

こうした祭りの意味は分かっている。

犠牲となった騎士を悼むためでもあるし、勝利を再確認できるわけだし、民の間に跋扈《ばっこ》していた重苦しさだって払拭《ふっしょく》できる。

「して、問題はアインのことである。魔王化のことをどうするべきかだ」

「やっぱり、皆に伝えなきゃだめですよね」

「ご心配されなくともいいかと思いますよ。アイン様は海龍だけでなく、国の宿敵まで倒した英雄なのです。それが魔王と言われても、大きな騒ぎにはなりますまい」

「余もロイドの意見に同意だ」

「いやいやいや！　二人ともさすがに楽観的すぎじゃ――――」

アインがテーブルに勢いよく両手をつき、異を唱えようとした。

それは唐突に現れた人物により遮られてしまう。

「――――私もアイン様の意見に同意ですな」

彼は――――イシュタリカ最強の文官は。

両手に杖《つえ》を持ち、長いひげを彼の性格のように飄々《ひょうひょう》と揺らして現れたのだ。

「先《ま》ずは魔王という言葉を伝えるのではなく、世界樹という、神に等しい種族になったということを強調するのです」

「ま、待て！　お主……いつの間にッ！」

「港町マグナでしたように木々を生長させ、実りを民に下賜することも大切です。また、宿敵が魔王化という力を使っていたのですから、その邪悪な力を浄化し吸収した結果、世界樹に進化していたアイン様は魔王の力を手に入れた――――とまとめましょう」

彼は意図的にシルヴァードの声を無視して話し終えた。

いつものように好々爺然《こうこうや》と笑い、いかがですかな？　と最後に添える。

「急に来てなんなのだお主はッ！　いつの間に目を覚ましておったのだッ⁉」

「はは……はっはっはっは！　ウォーレン殿！　遂《つい》に目を覚ましたのですな！　その掴みどころのないところも久しぶりですぞ！」

ウォーレンの登場を受け入れているのはロイドだけのようで、アインは言葉を失い、複雑な表情を浮かべてしまう。

それを見たウォーレンは彼の内心を悟り、優しく笑む。

「昨晩でございます。ですが、しばらくぶりで事実の確認で手一杯でした。状況を確認することに一晩を費やし、今に至るというわけでございます」

「……であれば何故《なぜ》、余に声を掛けなんだ！」

「アイン様がお戻りになったと聞いておりましたので、私は遠慮しただけでございます。一晩明けてからの方が、都合がよろしいかと思いまして」

「やれやれ、いつもながら、自由な宰相殿でありますな……」

呆《あき》れるロイドをよそにウォーレンはアインの席まで近づいて、彼の隣で膝《ひざ》をつく。

まだ、言葉に迷っている王太子を細めた目で見上げ、彼の手を取って謝罪する。

「アイン様。ベリアから何があったのかを聞きました」

「……うん」

「私が隠していたことはすべて罪なのです。いくら祖国イシュタリカに尽くしていたとはいえ、赤狐という血は消えません。貴方様に多くの心労を与え、猜疑心《さいぎしん》を抱かせてしまったのは不徳の致すところです」

「ッ————ち、違うッ！　俺はその後で分かったんだ！　ウォーレンさんが裏切ってたわけじゃないって！　だから、最初に怒った俺が悪いんだ……ッ！」

「それは王太子のアイン様が言ってはいけないことです。どうか、この私を叱責なさいませ」

秘密にしてきたウォーレンの責任は大きいが、彼とベリアは二人なりに忠義を尽くしていた。数百年も自らを殺して尽くすということの辛さは、他の誰《だれ》にも理解することはできない。

「都合がいいことを言うかもしれない……。でも俺は、これからもウォーレンさんが宰相でいてくれたら嬉《うれ》しいって思う。……ごめん、本当に勝手だと思ってる」

「ふふっ……何とお優しいお言葉でしょうか」

ウォーレンは涙を零《こぼ》し、アインの言葉に素直な喜びを露《あらわ》にした。

「さて」

と、シルヴァードが口を開いた。

「その男が来たのであれば丁度いい。今後の件について、お主の知恵を借りたい」

「はっ。この老躯《ろうく》がイシュタリカのためになるのなら、何なりとお申しつけくださいませ」

両手に杖を持ち、身体《からだ》を支えながらの姿勢ではある。

だがそれでも、数百年にわたり仕えてきた忠臣の姿は美しかった。

(これで大団円……いや)

アインには一つ、しなければならないことが残されていた。

以前、彼女と交わした約束を果たしたい。

「……あとは、俺が勇気を出すだけだ」

終戦祭

学園都市を覆う紺碧《こんぺき》の空と、木々に咲いた花々を活気立たせる春陽。

日差しは柔らかく、さらりと吹き抜ける風は春の暖かさを孕《はら》んでいた。

――――多くの学園が卒業式を迎える今日。王立キングスランド学園でも同じく、その日を迎えていた。

「仰ぎ見よ。そなたらが迎える新たな門出を、天もまた祝福しているようだ」

彼の話はそう長くならないうちに終わりを迎え、壇上を降りていった。

シルヴァードが卒業式に足を運ぶのは公務の一環であったが、今年は別の意味合いもあった。先日、苦難を乗り越え帰ってきた孫も参加する日であるからだ。

「首席、アイン・フォン・イシュタリカ」

英雄の名が呼ばれ、彼が代わりに壇上へ上っていく。

大講堂の席はすべて埋まり、席についた全員がアインに注目していた。

………意外と緊張しないいんだな。

こうした舞台にもいつの間にか慣れていたようで、そんな自分の成長が少し嬉しかった。

彼は考えることもなかったが、戦争時の口上と比べれば些細《ささい》なものである。

つい先日は剣を片手に戦場で大立ち回りをしてみせたのに、今は卒業式で答辞を述べるなんて、この落差が少し面白くて口角が上がりそうになってしまう。

「私は――――」

アインの声が大講堂に響き渡る。

その声、その威風堂々とした立ち姿、一挙手一投足が、皆の視線を釘付《くぎづ》けにしたのであった。

◇◇◇

祭りの名は終戦祭。

由来はその名の通りで、昨日《きのう》の前夜祭を含め十日間にわたってつづけられる、イシュタリカの歴史上でもっとも長期にわたる祭りであった。

終戦祭は王立キングスランド学園の卒業式の後から、本番を迎える段取りになっていた。

「凄《すご》かったな、アインの答辞」

「あ、ああ……素晴らしかった……ッ」

式を終えてもさばさばしているバッツに対して、レオナードはいまだに涙ぐんでいた。それを見てロランが苦笑する。

「たはは……レオナード、いつまで泣いてるのさ」

「ここで涙せずいつ涙するという！　殿下のお言葉は今も一言一句思い出せる！　ああ……殿下は本当に素晴らしいお方だ。はじめて語られたハイムでの生活に、イシュタリカに来てからの多くの物語！　あの場で直接聞けたことだけでも貴重な財産になるのだぞッ！」

「んなこと、俺もロランも分かってんだよ。いつまで泣いてるんだって話だ」

三人は大講堂を出て、校舎と校門の間に広がる庭園を歩いていた。

周りには、多くの卒業生と在校生が語り合っている姿がある。皆一様に、卒業の喜びと切なさに涙を流し、在校生との最後の別れを惜しんでいた。

「卒業……だな」

今日で学園に通うのも最後。

このことを自覚し直して、声に湿っぽさが入り混じる。

「お前たちは卒業したら、確か」

「ボクは王都近くの研究所勤めだよ。レオナードは法務局だっけ？」

「ああ。父上の下で学ばせてもらうことになっている。無事に試験も受かったからな」

「……お前たちと離れ離れなのも、なんか変な感じだな」

珍しく目元に僅《わず》かな涙を浮かべて鼻の頭を掻《か》いたバッツ。

三人は思い出の食堂、そのテラス席を眺めて黙りこくってしまう。

誰も口を開かず、立ち止まったそこへ。

「あ、居た居たっ！」

アインが卒業証書の入った筒を手にやってきた。

「なっ――――ア、アイン!?　お前、こっちにきていいのかよ!?」

「へ、なんで？」

「殿下！　素晴らしい答辞でございました！　涙が涸《か》れることはなく、今の今まで感動に浸っておりまして――――っと、そうです！　殿下はどうしてここに⁉」

「そうそう！　アイン君って、これからパレードに行くはずじゃ！」

この後、アインは学園都市から大通りに向かい、王城まで戻る大規模なパレードに臨むことになっていた。

それは卒業式を終えてすぐで、余裕は残されていなかったのだ。

「ちょっと無理言って来ちゃったんだ」

アインはこめかみを掻きながら苦笑した。

「実は卒業式の日にしたいことがあったんだ。ほんとは卒業式をした後はみんなで街に繰り出して、夜まで騒ぎたかった」

「そりゃ……俺たちも大歓迎だったけどよ！　無理ってもんだぜ！」

「分かってる。でも、最後までみんなと会わないのは耐えられなかったし」

彼の足は食堂へ向けられた。

こんな時にどうして、疑問に思った三人へと。

「最後に、俺たちが使ってた席で話していきたいんだ」

三人は呆気《あっけ》にとられた。

王太子が、英雄と謳《うた》われる彼がそんなことのために戻って来たのかと。

同時に嬉しくなった。

アインは出会った時から変わらず、自分たちの大切な友人であったと再確認できたからだ。

「しっかたねぇな！」

「お誘いいただけて光栄です」

「あははっ、最後だしね！」

三人はいつもの並びになり、足取り軽く他の生徒の流れに逆らって校舎に近づく。

生徒たちはアインを見てハッとしたが、軽く挨拶《あいさつ》をするにとどめた。

彼が三人と共に歩き、屈託のない笑みを浮かべているのを見ると、彼らに残された最後の時間を邪魔する気になんてなれなかったのだ。

◇　◇　◇

パレードが一段落したのは、昼下がりのことである。

「これほどの盛り上がりは、イシュタリカ史上初かもしれませんな」

「ウォーレン殿の仰《おっしゃ》る通り、城にもひしひしと伝わる盛り上がりでありましょう」

ウォーレンとロイドは、シルヴァードの傍《そば》に控える形で城のテラスから城下町を見下ろし、その賑《にぎ》わいを楽しんでいた。

後程、彼らも街に繰り出す予定が当然のように組まれているが、今は休憩がてら、ここからの眺めを楽しんでいた。

「あなた。こんなところで楽しんでたのね」

「おお、ララルアよ！　そなたもここに参れ！」

王妃を呼び寄せた国王だが、彼女は固辞する。

「そうしたいのだけど、アイン君を知らない？」

「アインであれば、城に帰ってから落ち着かない様子で広間をウロウロしていたが。そのアインがどうかしたのか？」

「実はね、そのアイン君の姿が見えないの」

「クローネやオリビアには尋ねたのか？」

「オリビアには聞いてきたわ。でも、知りませんって、ただ楽しそうに笑うだけなのよ」

「明らかに知っておる口ぶりではないか……ッ！」

とは言え、口を割らないことは分かっている。

祭りの初日だというのに、一体何をしているんだとシルヴァードが頭を抱えた。

その横でウォーレンが気になったことを尋ねる。

「して、クローネ殿には聞いておられないのですか？」

「そうなのよ……実はクローネさんの姿も見えないのよね。文官たちに聞いたら、いつの間にか見えなくなってたらしいわ」

すると、三人はそれを聞いて理解した。

「陛下。もしかすると、クローネ殿はアイン様とご一緒なのでは？」

「余もウォーレンと同意見だ。オリビアが事情を知っていそうなのも、こう考えてみるとしっくりくる。どうせ、念のためにとオリビアに告げ、黙ってもらっているのだろう」

「このロイドとしては、クリスの様子も気になりますが」

「あの子ならオリビアと一緒だったわよ。今日は我慢します……って言ってたけど、何のことかしらね」

これはもう確実だ。アインとクローネは二人で何処《どこ》かに行こうとしている。

急いで探す必要がある。

ロイドが入り口の方に向かいだし、二人の身柄を押さえに行こうとした刹那《せつな》。

「────陛下。アイン様とクローネ殿を見つけました」

そう、ウォーレンが口にした。城下町の方を見下ろしていたウォーレンが気付けたのは偶然だった。

「ど、どこに居るのだッ⁉」

ウォーレンは港の方角を指さした。

そんな遠くでは詳細に分からない……シルヴァードはそう文句を口にしようとしたのだが、ここからでも二人が居るというのが分かってしまう。

踵《きびす》を返したロイドもその方角を見て、笑みを作った。

「……あれはエルとアルですなぁ、陛下」

もはや手の打ちようがない。ロイドがぼんやりとした声で言った。

「ロイド殿の仰ったとおりでございます。また、双子が引いてるのはオーガスト商会の船ではないかと。ちなみに、私の予想では無許可で借り受けてると思いますが」

呆《あき》れてものを言えないとはこのことか。

二人が双子に船を引かせてどこに向かうのか。それは予想するのが難しいが、二人が王都を離れようとしてるのは分かっている。

するると、シルヴァードは立ち上がってテラスのフェンスに近づくと。

「この……暴走王太子めがぁぁぁぁあああああっ！」

海原に向けて大声で叫ぶ。シルヴァードにしては珍しい態度に、ラルアを含む一同が笑みを浮かべた。

「はぁ……はぁ……まったく、あの王太子は！　親の顔が……いつも見ておるが！　まったく！」

アインが乗った船が出航したのを見計らってか。

コン、コン、と扉をノックしてマーサが足を運んだ。

「失礼致します。アイン様から手紙を預かっております」

彼女はラルアにより中に通されると、シルヴァードに跪《ひざまず》いて手紙を渡した。シルヴァードは音を立てて封筒を破り捨てると、中に収められた一枚の紙を開く。

『赤狐《あかぎつね》討伐の褒賞を使い、今日一日の休日を頂戴《ちょうだい》します』

書かれていたのは、この一文である。

顔を引き攣《ひ》《つ》らせて天井を仰いだシルヴァードと対照的に、ウォーレンはひげをさすっているうちに気が付いた。

「マーサ殿は恐らく王族令を用い、口封じをされていたのですね」

「はい。お二人が海に出てから手紙を渡すように、と厳命されておりました」

今日のアインは呆れるほど用意周到に事を進めていたらしい。

そして、怒りたいが実のところあまり怒れないのが現状であった。

赤狐討伐の褒賞として求めたのがたった一日の休日では、釣り合いがとれていない。

「…………英雄にかような知恵を付けたのはお主か、ウォーレン」

「はて、私には何のことかさっぱりです」

シルヴァードは、最後に力の抜けた表情でアインが乗った船を眺めた。

その表情は後ろに立つ皆には見えなかったが、密《ひそ》かに笑っていた。

英雄が求めた、たった一日の休日ぐらい許さずして、何が王か。

「やれやれ……夜には帰ってくるのだぞ」

彼が口にした穏やかな声は、海原へ届く風に乗せられたのだった。

少年期のエピローグ：桜色の宝石

海を渡った俺は港町ラウンドハートで馬に乗り、騎士に見張られたハイム王都に足を運んでいた。

騎士たちは皆同じように驚いていたが、それも無理はない。

本国では祭りの最中なのに、正装に身を包んだ王太子が現れたとあれば、何事かと思ってしまうのは仕方のないことだ。

だけど、俺は説明せずに馬を進める。

「ね、ねぇ……急にこんなところまで連れてきて、どうしたの？」

「俺にも色々あるってとこかな」

「色々って……もう。お祭り初日だっていうのに、王太子が居ないと怒られちゃうわよ？」

「大丈夫。赤狐《あかぎつね》討伐の褒賞とかを使って、今日は俺とクローネを一日休みにしてもらったから心配ないよ」

あれほど大きな褒賞であれば、お爺様《じい》だっておおよその願いを聞いてくれるはずだ。

「こんなことに使っちゃってよかったの？」

「いいんだよ。むしろ、今日のため以上の使い方が思いつかないし」

「……そ、そうなの？」

クローネは納得できていないようだけど、今日の俺はいつもより強気に言った。

申し訳ないと思わないでもないが、ここで理由を教えるわけにもいかない。

するとクローネは俺が理由を口にしないと悟ったからか、これ以上の追及を諦《あきら》めてため息をついた。


それからは、取り留めのない話をしつつ、ある場所を目指して馬を進めていく。

「着いたよ」

「ここ……私の家だったところよ？」

アウグスト大公邸跡には、今も暴食の世界樹の名残《なごり》がそびえ立つ。

いずれは枯れてしまうのかもしれないが、今の姿には先日の禍々《まがまが》しさがなく、葉も青々として瑞々《みずみず》しい。

木漏れ日に加え、小鳥たちのさえずりが聞こえてくる。

俺はここで馬を止め、暴食の世界樹を見上げた。

「ここに来たかったんだ」

「ふふっ、こないだ一緒にここで過ごしたばかりじゃない。どういう風の吹き回し？」

「そりゃ…………色々とだよ」

先に馬から降りた俺はクローネの脇《わき》に手を差し込み、彼女を下ろす。

「最初は私の方が大きかったのに、あっという間だったわね」

「こうされるのは嫌だった？」

「ううん。嬉《うれ》しくて抱き着いてしまいそう」

「それはよかった。でも、今は先にエスコートさせてほしいんだ」

クローネは俺が差し出した腕に抱き着くように密着すると、歩き辛《づら》くならない程度に距離を近づけた。

口では疑問を語っていたが、すべて委ねてくれている実感がある。

「行こうか」

自然と重ねられた手の温かさが愛《いと》おしい。クローネも似た感情を抱いてくれたらしく、そのまま俺に腕を絡めて可憐《かれん》な笑みを浮かべた。

吐息も、鼓動も聞こえてきそうなほど近くを長く歩いた経験は、今を抜かして他にない。

それでも緊張はしなかった。あるのは、こうしていることが幸せであるという想《おも》いだけだ。

「あのさ」

「ええ、なーに？」

「何年か前に、港でデートしたときのこと覚えてる？」

「忘れるはずないじゃない。私、アインとのことは全部覚えてる自信があるんだから」

俺だってそうだ。クローネとの思い出は一つも忘れていない。

……………それにしても、胸が鼓動する音が自分の耳にも届きそうだ。

俺は強い緊張に襲われ額にうっすらと汗を浮かべてしまう。懐から取り出したハンカチでそれを拭《ぬぐ》い去《さ》って、クローネに聞こえないように息を整えた。

「ふふっ、変なアイン」

この辺りの道はまだ歩き辛いが、クローネにとっては勝手知ったる実家には変わりない。クローネは俺の腕を離れ、軽快な足取りで前に行く。

背中で手を組んで、まるで妖精《ようせい》のように可憐に進んでいった。

「あのさ、クローネ」

「うん？　どうしたの？」

前を歩くクローネが振り向かずに返事をした。

「当時の俺は、あれを渡すことの意味を分かってなかったんだ。俺が魔物化で不安になって、それを打ち明けた日も、渡すことの意味は漠然としか考えてなかったと思う」

けれど、今は違うんだ。

心に抱いた気持ちを伝えるためだから。

………胸が早鐘を打つ。目の前のクローネを見ているだけで、痛くなるぐらい速く鼓動を繰り返していた。

やがて、クローネがすっと立ち止まる。

この前、俺が目を覚ましたのと同じ場所で、俺がクローネと出会った最初の場所で、俺たちは向かい合って佇《たたず》んだ。

「あのさ、クローネ」

クローネは小首を傾《かし》げて俺を見る。

風に乗る彼女の香りが、俺の緊張を更に高めた。

だが、その緊張も心地《ここち》良く感じてきた。

「もう………本当にどうしたの？　顔がいつもより真《ま》っ赤《か》だし、さっき腕を組んでいたときだって、アインの胸がすっごくドキドキしてたのが分かったんだからね？」

「あ、あははっ……今日に限っては緊張するなって方が無理ってもんだよ」

「だから、どうして緊張しているの？　もしかして……体調でも悪い？」

答えは今から言うよ。

心配した顔をしなくても大丈夫。

もう、そろそろ落ち着くから。

「どうしても、ここで伝えたかった言葉があるんだ」

煩《うるさ》いぐらい鳴っていた胸の音が聞こえなくなった。今の俺の耳に届くのは、目の前に居るクローネの声だけだった。

瞳《ひとみ》だって、クローネにしか向けられない。

「……伝えたかった言葉、って？」

もう決めたことだ。

これ以上の覚悟をする必要はない。そして、もう迷うこともない。

だから……だからさ。


「クローネ」

――――彼女の名を呼んだ刹那《せつな》、地面に居た小鳥たちが一斉に飛び立った。まるで俺たち二人のことを祝福するかのように、高く高く舞い上がっていった。

あとは、愛おしい彼女のことだけを想い、最後の言葉を紡ぐだけ。

「俺と――――っ」

俺はクローネの前で片膝《かたひざ》をついて、差し出した。

それを見た彼女は煌《きら》めく一筋の涙を流し、今まで見たことのない、輝きに満ちた笑みを浮かべて受け取ったのだ。

宝石箱に収められた、この世にたった一つだけの――――桜色のスタークリスタルを。

あとがき

お久しぶりです。結城涼《ゆうきりょう》です。

またこうして皆様にご挨拶《あいさつ》させていただけて嬉《うれ》しく思います。

九巻は楽しんでいただけたでしょうか？

この九巻はアインの「少年期」を締めくくり、「青年期」へつづく物語の一区切りとして書かせていただきました。ＷＥＢ版に多くの改稿と加筆を重ねましたが、楽しんでいただけておりましたら、これに勝る喜びはありません。


ちなみに、つづく「青年期編」が書籍化する予定は未定なものの、ＷＥＢ版ではすでに完結まで書かせていただいております。

「青年期編」には第一王子とクリスの姉が消えた神隠しのダンジョンや、この九巻でジェイルが匂わせていたもろもろに加え、一巻の最初で、女神が口にしていた言葉の真相も明かされる物語が残されております。

これらを書籍版でお見せできる日がやってきた暁には、是非またお付き合いいただけたら幸いです！

少し関連しての告知となりますが、魔石グルメの最新情報に加え、他作品の更新告知などもしている結城のTwitterアカウントが存在していたりするので、もしよければこちらもご覧ください。

現在（２０２１年の春）は、魔石グルメ以外にも長編を更新中です。

こちらの作品も、魔石グルメを楽しんでくだった方にはきっと楽しんでいただけるかと思いますので、もしご興味がありましたら、カクヨム様などでお付き合いいただけたら嬉しいです！

◇Twitter　@_ore2gou
◇カクヨム　https://kakuyomu.jp/users/ore2gou
◇小説家になろう　https://mypage.syosetu.com/1152209/

――――などと、普段と特に変わらないご挨拶をさせていただいて参りましたが、実は「少年期」の区切りとして、特別な挨拶ができないかな、と考えなかったわけではないのです。

しかし、どうやら難しいみたいです。

実はこの文章に至るまでも二時間近く掛けて書き直しを重ねているのですが、区切りと言うと寂しい感じがしてしまい、どれもしっくりきませんでした。

なので今回も明るく、いつも通りに締めのご挨拶をさせていただこうと思います！


では、恒例の謝辞を。

お二人の担当編集さんには、一巻を書きはじめた頃《ころ》から大変お世話になっております。教えていただいたすべてのことが、私の貴重な財産です。

また、装丁デザイナーさんにはいつも素敵なカバーを頂戴《ちょうだい》しておりました。

魔石グルメを並べてくださった書店さん方や、書店員さんにもお礼申し上げます。流通などで携わって下さった皆様も、本当にありがとうございました。

コミカライズ担当の菅原《すがわら》先生にも大変お世話になっております。

菅原先生には魔石グルメをコミカライズから盛り上げていただいております。それと合わせて、コミックス編集部さんへも感謝の気持ちを伝えたく存じます。


――――そして誰《だれ》よりも、成瀬《なるせ》先生には本当に本当にお世話になっております。

成瀬先生に描いていただいたすべてが私のたからもので、かけがえのない大切な思い出です。いつも素敵なアインたちを、本当にありがとうございます！


最後になりますが、こうして九巻をお手に取ってくださった皆様へ。

魔石グルメは皆様のおかげでここまで来ることができました。いつも応援してくださりありがとうございます！


といったところで、今回はそろそろ失礼しようと思います。

次のご挨拶が魔石グルメの「青年期編」となるか、別の作品となるかはまだ分かりません。ですが、ご挨拶できる機会がまたいずれ来るはずです。

その時にまた、皆様とお会いできますように――――!

カドカワBOOKS

魔石《ませき》グルメ　9
魔物《まもの》の力《ちから》を食《た》べたオレは最強《さいきょう》！

2021年 6 月10日　初版発行

著者／結城涼《ゆうきりょう》

発行者／青柳昌行

発行／株式会社KADOKAWA

〒102-8177
東京都千代田区富士見2-13-3
電話／0570-002-301（ナビダイヤル）

編集／カドカワBOOKS編集部

印刷所／大日本印刷

製本所／大日本印刷

●お問い合わせ
https://www.kadokawa.co.jp/（「お問い合わせ」へお進みください）
※内容によっては、お答えできない場合があります。
※サポートは日本国内のみとさせていただきます。
※Japanese text only

Printed in Japan
ISBN 978-4-04-074081-2 C0093

新文芸宣言

かつて「知」と「美」は特権階級の所有物でした。

15世紀、グーテンベルクが発明した活版印刷技術は、特権階級から「知」と「美」を解放し、ルネサンスや宗教改革を導きました。市民革命や産業革命も、大衆に「知」と「美」が広まらなければ起こりえませんでした。人間は、本を読むことにより、自由と平等を獲得していったのです。

21世紀、インターネット技術により、第二の「知」と「美」の解放が起こりました。一部の選ばれた才能を持つ者だけが文章や絵、映像を発表できる時代は終わり、誰もがネット上で自己表現を出来る時代がやってきました。

UGC（ユーザージェネレイテッドコンテンツ）の波は、今世界を席巻しています。UGCから生まれた小説は、一般大衆からの批評を取り込みながら内容を充実させて行きます。受け手と送り手の情報の交換によって、UGCは量的な評価を獲得し、爆発的にその数を増やしているのです。

こうしたUGCから生まれた小説群を、私たちは「新文芸」と名付けました。

新文芸は、インターネットによる新しい「知」と「美」の形です。

2015年10月10日

井上伸一郎